小学館文庫

妓楼の龍は客をとらない

華国花街鬼譚

霜月りつ

小学館

華国花街鬼譚

第一話　龍と隼夫

序

華《ファ》国の首都、華京府《ファジンフ》の北に慈安院という寺院がある。その裏から一本の道が延びている。

道の右側は京河《ジンフュア》という大きな川が流れ、左は田畑になっていた。家も店もない道なので、夜には真っ暗になる。あなたの頼りは手に持つ提灯《ランタン》の光だけだ。

しばらく進むとあなたは前方の暗闇の中に赤い光が浮いているのを見つけるだろう。なぜ浮いているかというと、道の先に大きな塀があり、その上に無数の赤いランタンが載っているからだ。その塀はぐるりと巨大な輪を造っている。

ずっと右手にあった京河から用水路が引かれているのに気づいただろうか？　水路は三つに分かれ、左右の流れは塀を囲み、真ん中だけが塀の中に注がれている。

塀の中に入るには大きな朱塗りの橋を渡るしかない。橋の先には同じ朱塗りの巨大な門があるが気をつけて。そこは日暮れから明け方までしか開いていない。

朱塗りの門はあなたのような塀の外の住人が中に出入りするために使う物で、塀の中の住人は隣にある地味な通用門から出入りするようになっている。

あなたが橋を渡り門をくぐると、そこに美しく華やかな街を見るだろう。

高い楼がいくつも建ち、赤や黄色、橙《だいだい》色のランタンがその壁を飾っている。

そして灯りに照らされる窓からは、たくさんの美しい妓女《ぎじょ》、妓夫《ぎふ》たちが微笑《ほほえ》みながらあなたを手招きしていることだろう。

ここは華京府随一の色街、夢と快楽を与え、男と女の欲と金を吸い上げる伽蘭《ガラン》街だ。

一

彼は走っていた。どろりとした粘液のような闇の中を。しかし走っても走っても体が前に進まない。

わかっている、囚《とら》われているからだ。足も腕も体も、首にさえ彼らの手がまとわりついている。

(恨ミ……ヲ……)

耳の中で声がする。

(復讐《ふくしゅう》……ヲ……)

頭の中で声がする。

(果タセ……果タセ……果タセ……)

声は幾重にも重なって頭の中で鳴り響いた。


「……うるさい……」

青年は口の中で呟《つぶや》いてからのろのろと体を起こした。薄い布が背中を滑り落ちる。寝台の上から手を伸ばして板窓を開けると、塀の上を走っていく子供の小さな背中が見えた。

彼ら灯子《トウシ》が塀の上にある提灯《ランタン》に火をいれると、伽蘭街の一日が始まるのだ。

春先の今頃はまだ西の空に日が残っている。しばらく生ぬるい風で顔を洗っていると、下の方から声が聞こえた。

「怜景《レイケイ》——! おはよー!」

三人ほどの子供が手を振っている。彼も顔のそばでひらひらと手を振った。

それから一度顔をひっこめ、部屋の卓上に置いていた昨日の残りの蒸し包子《パオズ》を取る。

再度窓から下を覗《のぞ》くと、子供たちはまだ待っていた。

「ほら」

怜景は窓から蒸し包子を放る。わっと子供たちが我先にと小さな手を伸ばしてそれを摑《つか》んだ。

「ちっとしかなくてすまんな」

怜景の言葉に子供たちは手を振った。

「いーよー、みんなでわけるー」

「いつもありがとー」

それからきゃあきゃあ言いながら走って行った。

怜景は素肌に袍《ほう》（長い上着）を無造作にはおり、桑の木で作った下駄をひっかけ手布と金の入った巾着を持った。

部屋を出る前に寝台を振り向くと、暗い影のようなものがうずくまっているのが見えた。

「……たまには消えてていいんだぜ」

呟いても消えるわけがない。怜景はバタン、と強く扉を閉めた。

伽蘭街の建物は大体が三階建ての楼閣になっている。それぞれの楼閣は小さな内庭を持ち、そこに共同の水場があった。

水は京河から引いた用水のものだ。用水は街を取り囲んでいるものと、街の中を流れているものがあり、その両方から血管のように細い水路が引かれ、街のすみずみまで走っている。

「おはよう、怜景さん」

鼠女《シュニュ》と呼ばれる厨房《ちゅうぼう》の女たちが野菜を洗いながら声をかけてくる。

「おはよう、汀《ティン》さん、新《シン》さん。そりゃあゼンマイかい？」

怜景も気安い調子で応えた。

「そうだよ、初物。今日のつまみに出すよ」

「へえ、そりゃあいいや。摩《す》った大根の上に載せてくれると嬉《うれ》しいな。桜の花びらを一枚載せると彩りがいい」

「怜景さん、洒落《しゃれ》てるねえ」

「さすが紫燕楼《シエンロウ》の一番隼夫《スンフー》だ」

女たちは楽しそうに笑う。

「あたしが金を持っててもう少し若かったら、怜景さんを指名したいよ」

「俺は年上の人も好きだよ、優しいからね」

怜景が軽く答えるときゃあとさざめく。

「怜景さんてばお上手だわあ」

「ねえ、顔色悪いけど大丈夫なの」

一人が気づいたように言った。怜景は片手を振る。

「寝起きだからな」

自分に取り憑《つ》くやつらのせいで、いつも悪夢を見てちゃんと眠れない。今も背中にべっとりとのしかかられているようだ。だがそれは言わない。

怜景は彼女らの食材に水がかからないよう隅の方で顔を洗い、歯を磨いた。

男が一人降りてきて、二つの桶《おけ》で水を汲《く》んで行く。厨房で煮炊きをするのに使うのか、掃除をするのに使うのか。彼らのような力仕事をする下働きの男を、ここでは馬《マ》夫《フ》と呼ぶ。

妓楼《ぎろう》では下働きの鼠女に馬夫、そして妓女と妓夫たちが働いている。ほとんどの妓女の相手は男であるが、妓夫は男女ともを相手にする。男客を相手にする妓夫は鶯子《インズー》と呼ばれ、女客を相手にする妓夫を隼夫と呼ぶ。

妓女と妓夫のいる店は明確に分けられ、紫燕楼は妓夫のみの楼だった。

そして怜景はここ紫燕楼の稼ぎ頭、最上級の隼夫だった。

怜景は顔を手布で拭くと、それを首に巻いて庭を出た。この時間、まだ客はあまり街に入っていない。通りを歩いているのは伽蘭街の住人だけだ。

街には背の高い建物が多いせいで、日差しはいつも縞《しま》を描く。楼は楼主の好みで西域風だったり南域風だったり、北域風だったりするが、いくら楼主の希望でも、建てるのは華国の大工なので、どれも妙な折衷建築になってしまう。それが伽藍街風なのかもしれない。

少し進むと街の中央を流れる用水路にぶつかる。街と同じ名前の伽藍川だ。川べりには柳が植えられ、赤い手すりの石造りの橋がかかっていた。

伽藍街は色街だが、飲食店も多いし、街で働く人間のためのさまざまな店がある。食品、衣料品、化粧品、雑貨、髪結い床や医院もあった。

妓楼以外のそれらの店は、みな手のひらで押しつぶしたように背が低く、道にあふれんばかりに商品を並べている。

怜景はそれを冷やかしながら飲食店に向かっていた。あと一刻くらいで仕事に就かなければならない。その前に腹を満たしておかないと。仕事の間に食事をとる時間もない場合がある。

怜景の横を笑いながら走りすぎてゆく子供たちは街で生まれたものたちだ。彼らは母親と共に育つか、あるいは治育院という子供だけの施設で育つ。たいていはそのまま街でなにかしらの職に就くが、一番多いのはやはり妓女や妓夫だった。

この街で生まれ、この街で育ち、この街で死んで行く。中には一生この街しか知らないものもいる。それは哀れなのか幸せなのか。

その子供たちが、急にある店の前で足を止めた。みんな一方を見ている。どうやら店先の屋廊《テラス》を見ているらしい。

（なんだ？）

怜景は興味を引かれて子供たちの背後からその店を覗き込んだ。その店は怜景もよく知っている、おいしい肉饅頭《にくまんじゅう》を出す店だ。

子供たちが口を開けて見ているわけがわかった。その屋廊の卓に青年が一人ついているのだが、その卓上に饅頭の蒸籠《せいろ》が積み上がっているのだ。二器や三器ではない、二〇器近い。

そばに他の人間はいない。ということはこの青年は一人で饅頭を二〇蒸籠、蒸籠には二個ずつ入っているから計四〇個食べたということか。

「へえ」

「驚いたな」

しかも彼は決して巨漢ではない。どちらかというとしなやかな柳の木を思わせるような細身の男だ。

顔も美しい。どこかの店の妓夫だろうか。青みがかった銀色のまっすぐな長い髪、白い頬、あんな大きな饅頭が入るのかと心配になるほどの上品な口元……。

青年がひょいとこちらを見た。

(目が紫だ)

遠くからだったのによくわかった。水辺に映った蓮《はす》のように澄んだ紫色だった。

彼は立ち上がると怜景に近づいてきた。表情が読めない。描いたように美しい顔だった。

ぽん、と肩に手が乗った。

「おぬし、大丈夫か?」

まさか自分に向かってきていたのだと思わなかった怜景は、驚いた。

「だ、大丈夫ってなにが?」

「ずいぶん重たいものをつけている。今は散らしただけなのでいずれ戻ってくると思うが……ちゃんと消し飛ばしたほうがよいであろうか」

青年は片手に饅頭を持ったままだった。怜景は我に返ってあわてて彼の手から逃れた。

「な、なんのことだ……」

言いながら体が軽くなったことを感じる。

(え?)

思わず彼の触れた肩に触る。

いる。

（いなくなった？　あの悪夢の滓《かす》が？）

長髪の青年は卓に戻っていた。会計をするつもりなのか、懐から小袋を取り出して

「これで足りるか？　ご主人」

青年が袋を振ってバラバラと出したものを見て、今までにこにことしていた饅頭屋の主人の顔色が変わった。

「お客さん、ふざけてんのか？」

「うむ？」

「こんなガラクタで金を払おうってのかい」

怒気をはらんだ声に青年は不思議そうに首をかしげた。

「これは金だろう？」

「どこの金か知らないが」

主人は石のように見えるものの上に手を置いた。

「華国では華国の金を使ってくれ！」

「と言われても困るな」

青年は眉を寄せたが、その表情はあまり困っているように見えなかった。

「吾《あ》はこの金しか持っておらん」

「てめえなあ」

「ちょっと――待ってくれ」

怜景はようやく体を動かすことができた。

「代金は俺が払おう」

主人はバネ仕掛けのようにぶるんと首をこちらに向け、相手を見て目を見開いた。

「あんた……紫燕楼の怜景さんか」

涼やかな男振りは饅頭屋の主人にも知られているらしい。

「そうだ。代金はいくらだ」

主人が言った代金分の金は持っていた。怜景はそれを出して青年を振り向く。

「ここは俺が払っておくよ」

「それはすまぬ」

ちっともすまなそうでない顔で青年が言う。

「その代わり、その値であんたの金を売ってくれ」

「これか？」

青年は卓上の石を拾い上げた。

「しかしこれはガラクタだと言われた」

「ああ、この国ではそれは使えない。俺がこの国の金に換えてやるよ」

「それはありがたい」

青年はにこりと笑った。まったく疑っていないようだ。袋ごと寄越すので、怜景は
「じゃあもう少し色をつけよう」と小銭を渡した。

「助かった。おぬしはよい人間だ」

「そりゃどうも……あんた、街の人間じゃないな。旅人か？」

「うむ。里へ下りるのは久々なのでな、勝手がいろいろ違う。吾の服もそなたのものとは違うようだ」

「いや、こりゃ簡単にひっかけただけの……」

言いながら相手の服を見ると確かに今では見ないような古くささだった。円領《えんりょう》（丸首）の袍で筒袖の先には刺繡《ししゅう》がほどこされ、下の褲《こ》（ズボン）は裾の部分が絞られている。田舎の老人のような衣装だ。

「ああ、確かにあんたの服はちょっと――妙だな」

「そうか。それは困るな。あまり目立ちたくないのだ」

青年は両腕を広げた。

「目立ちたくないなら饅頭を二〇器も喰《く》うなよ」

「うまかった」

「うまいだろうけどな」

「服を調達してもらえまいか」

「はあ？」

正気か、と青年の顔を見るとニコニコしている。

「おぬしは親切な人間だ」

「あんたな……」


結局怜景は彼に服を買ってやった。金はもちろん怜景が払った。今時の男が着るような前あわせの袍に羅織りの袖無し衣、足を包むのは裾の広がった褲。驚いたことに裸足《はだし》だったので先端が上向きになった黒布の長靴も買った。

「ふむ、これが当代風か。どうだ？　似合うか？」

青年は嬉しそうにくるりと回って両手を広げる。適当に選ぶつもりだったのに、結局似合うのを選んでしまう自分の美意識を怜景は呪った。

「じゃあ、俺はこれで」

「うむ、世話になった」

怜景は急いで青年から離れた。振り向くと彼が勢いよく手を振っているのが見えたので、さらに足を速める。角を曲がってようやく息をついた。

「まったく、どこの田舎もんだよ」

怜景は懐から小袋を取り出した。中の石のようなものをざらりと手のひらに出す。

「こいつは古銭だ。物好きなら大金を出す。ここは伽蘭。騙《だま》される方が罪な街だ」

そう呟いた途端、再び肩にずしりときた。今まで忘れていた、あの粘っこい重み。

「くそ……」

怜景は肩を揉《も》みながら、手早く食べられる麺でもすすろうと、その場を離れた。

二

日暮れから一刻も過ぎれば、それぞれの妓楼に客が入る。どの妓楼も作りは同じで、一階は客と妓人たちが酒や食事をとって話をする店、二階三階は個人の部屋で、もっと深い話や体を使った接待をする場所だ。

一階の店だけで満足する客もいれば、話もそこそこにすぐに個室にあがりたがる客もいる。ただ妓楼の流儀としては初回は店で話のみ、個室にあがるのは二回目からだ。これは妓人たちを守るためでもある。客がどういう人間なのか、妓人がその目で見極めて、ときには登楼を断る場合もある。

乱暴な性交のみを目的とする客をあげる店は少なく、そういう店は一段低く見られていた。

怜景は一階の店で常連客と酒を酌み交わしていた。店の席はくつろげるようにすべて長椅子で、その前には酒や料理を置く円形の卓がある。卓の上からは小さな華灯籠《はなどうろう》がさがり、客と妓夫をほんのりと淡い色に染めていた。

椅子と卓は、華やかな刺繍がほどこされた布張りのついたてで囲まれ、他の客からは見えないようになっている。

「しばらく来られないかもしれないの」

常連客は華京府の裕福な商人の妻だった。高級な靴を扱う店で、怜景は彼女から何足も靴をもらっている。

「どうしたんですか？　なにか私が不手際でも？」

「そうじゃないの、怜景のせいじゃないのよ。ちょっと……家の方の事情でね」

客は黒蛍石でできた杯を勢いよくあおる。その投げやりな態度に店の経営がうまくいってないのかと察しがついた。自由に使える金に制限がつけば、一番金のかかる妓楼通いを抑えるしかない。

怜景は舌打ちしたくなる気持ちを抑えて悲しげな笑みを浮かべた。

「だったら私はずっとお待ちしていますよ、香容《シャンロン》さまのおいでを。いつでもご連絡ください。その日は他のお客をとりませんから」

怜景は香容の手を撫《な》で、肉付きのよい肩を抱き寄せた。

「ほんとに？ そんなこと言ったって怜景は売れっ子だから……」

「私を売れっ子にしてくださったのは香容さまではありませんか。香容さまより大事な方はいらっしゃいません」

「怜景……」

香容は目に涙をためて怜景の胸にもたれた。

「すぐに、すぐに戻ってくるわ。わたくしのこと、忘れないで」

「当たり前です。香容さまのこの肌……」

怜景は頬から首筋に唇を寄せる。香容が紅を塗った唇を震わせた。

「この熱い体……私の方が香容さまに忘れられないかと……そう思うだけで胸が痛みます」

「そんな、そんなことあるはずないじゃない！」

「この胸の痛み……香容さまのお手で治していただけないでしょうか……」

怜景は鼻で香容の髪をかきわける。三階の自分の個室へ誘っているのだ。個室にあがれば香容はさらに金を吐き出すこととなる。今回で終わりになるなら、そのまえにいただけるだけいただきたい。

「ああ、怜景――」

香容の手が怜景の服のあわせに滑り込んできたときだった。店の入り口の方から「きゃーっ」という悲鳴が聞こえた。

ガタンバタンとものの倒れる音もする。男のわめき声や女の悲鳴が続く。

「な、なんだ？」

怜景はあわててついたての陰から顔を出した。すると、入り口の方で男がついたてを押し倒し、手斧《ておの》を振り回しているのが見えた。

「怜景！　怜景という隼夫はどこだ！」

無精《ぶしょう》髭《ひげ》を生やした男が大声で怒鳴る。見たことのない顔だ。

「怜景！　よくも俺の芳瑛《ファンイン》を誑《たぶら》かしたな！」

男は長椅子に伏せていた別な女客の襟首を摑み、その顔に手斧を向ける。女客は恐怖に声も出ない。

「怜景！　出てこい！　この女を殺すぞ！」

思わずついたてを押しやろうとした怜景の体に、香容がすがりつく。

「だめよ、怜景！　出てはだめ！」

「しかし、お客様が」

「殺されるわ、怜景！」

怜景は香容のふくふくとした手の甲を軽く叩《たた》いて微笑んだ。

「我々隼夫はすべてのお客様を守るためにいるのですよ」

「怜景……」

「命があったら私の個室へいらしてくださいね」

怜景は立ち上がり、ついたてを勢いよく押し開けた。

「私が怜景だ！」

男は怜景の姿を認めると、捕まえていた女客を突き飛ばし、ずんずんと向かってきた。怜景は別のついたてを男に向かって倒すと、さっと身を翻した。

「待て！　逃げるな！　怜景」

「あんたがそんなだから芳瑛さんが逃げたんだ！」

「貴様！　殺してやる！」

男の手斧が勢いよくついたてを裂き、再び女客の悲鳴があがる。怜景は男の道をついたてで塞ぎながら、厨房の方へ逃げた。とにかく店からこの暴漢を出してしまわなければ。

「怜景さん、なにが起こってるんだい！」

厨房に飛び込むと料理人の英《エイ》が叫んできた。

「ふられ男の逆上だ、じきここへ来る、刃物を隠せ！」

指示しながら勝手口へ向かう。男が厨房へ飛び込んできた。

怜景は山と積まれた生卵を男の顔に投げつける。男は怜景の抵抗に獣のような咆吼《ほうこう》をあげた。

勝手口から出て路地を走ると男もついてきた。これで店は安心だ。あとは捕まらないように逃げ回れば、そのうち警士たちが来るだろう。自分を追っている限り、他の人間に危害が及ぶことはない。

怜景は男が遅れそうになるとわざと速度を緩め、常に自分の姿を見せておいた。

「きさま、待て……っ、怜景！」

もう三年も伽蘭街にいれば、どんな路地だってわかっていると思っていた。引きずり回して息をあげさせてやろうと考えていたのに――。

「まさか」

妓楼の工事で行き止まりになっている場所があるなんて！

怜景は雑に組まれた柵を見上げた。乗り越えられない。

「怜、景――ッ！」

男がぜえぜえと肩で息をしながら現れる。柵の前で立ち往生している怜景を見て、にいっと大きく口を歪《ゆが》めた。

「観念しろ……」

「くそっ！」

怜景は左右を見回し、逃げ道を探したが、どこにも抜けられそうにない。いちかばちか、男の横をすり抜けてみるか。

「ちょっと待ってくれ、話し合おう」

怜景は男に向かって両手を広げる。

「芳瑛さんがあんたのことをなんて言ってたか、知りたくないか？」

「どうせ乱暴だの金遣いが荒いだの言ってたんだろう」

「なんだ、わかっているじゃないか。ならそれを改めれば芳瑛さんだってあんたのもとに戻るだろ」

「うるせえ！　きさまの手垢《てあか》のついた女なんか、きさまを殺したあとに殺してやる！」

「……乱暴で金遣いが荒い上に頭もおかしいようだな」

呆《あき》れて呟いた怜景の言葉に男の顔が赤さを通り越してどす黒くなる。

「ぶっ殺す！」

「――お取り込み中かな？」

場違いにもほどがある穏やかな声がかけられた。男の背後に銀色の髪がなびくのが見えた。

「おまえ……」

怜景は驚いた。夕刻、はした金で大金を頂いた青年がにこにこしながら男の背後に立っていたのだ。

「さきほど目の前を走って行ったのを見て追いかけてきたのだ。おぬしに換えてもらったこの金では、もう饅頭を買うのに不足のようなのでな、どうすれば金を増やせるか聞こうと思って」

青年がのんびりとした口調で言う。怜景は首を振った。

「いや、見てのとおりの修羅場でね」

「てめえ！　関係のないやつはひっこんでろ！」

男が手斧を振る。青年は胸の前まで迫った斧をひょいと指先でつまんだ。

「危ないぞ」

そう言うとなにをどうしたのか、男の体が勢いよく回転し、地面に叩きつけられた。

「え……っ」

怜景も男もなにが起こったのかわからない。青年は指先に残った斧を軽く放った。

怜景のすぐ後ろの柵に斧の刃が勢いよく突き刺さる。

「きさまっ！」

男が跳ね起きて青年に掴みかかる。だが青年の体は岩のように動かない。

「この人間はどうしたのだ？」

青年は不思議そうに怜景に問うた。

「吾はどうすればよい」

「ええと」

怜景は青年の顔を見つめた。彼の顔には焦りも怒りも見えない。ただ困っているように、かすかに眉が寄せられている。

「あんたができるんなら、ちょっとそいつを眠らせてやってくれるか？」

「ふむ」

青年は一度まばたきすると、右手を男の首に押し当てた。途端に男の体が硬直し、そのまま棒のように倒れてしまった。

「これでいいか？」

「あ、ああ」

驚いた。怜景は恐る恐る男に近づいてみた。男は白目をむいている。足の先で脇腹をつついてみたが、起きる気配はなかった。

「殺したのか？」

「いや、おぬしの言ったとおり眠らせただけだ」

膝をついて顔を近づけると確かに寝息が聞こえた。

「すごいな、どういう技だ？　なにか特殊な拳法なのか？」

遠くの方からバラバラと足音が聞こえてきた。警士たちが来たのだろう、龕灯《がんどう》の灯りが見える。

「なんにせよ助かった。礼を言う」

怜景は立ち上がって頭を下げた。青年は邪気のない顔でうなずく。

「うむ、それで饅頭のことだが」

「好きなだけ喰わせてやる」

手斧の男は警士たちに引き渡した。伽藍街詰めの警士たちはこういったもめ事には慣れていて、詳細は昼間に聞くと言って去って行った。

怜景は青年を出会ったときの饅頭屋に連れて行って、好きなだけ食べさせた。

「饅頭というのは高いが、それだけの値打ちはあるな」

再び二〇蒸籠ほどを食べた青年は、満腹そうに腹をさすりながら言う。

「あれからいろいろ買い物をしたら、饅頭代がなくなってしまったのだ。吾はこれからどうすればいいかな」

「ああ、そうだな」

怜景が渡した金ははした金だ。青年の懐から玩具や書物が覗いている。これだけ買えばなくなるだろう。

「あんたは俺の命の恩人だ。恩には礼で報いたい。あんた、金がないのなら俺のいる妓楼で働かないか？」

「ギロウ？」

青年は聞いたことのない言葉を発音するようなカタコトで反芻《はんすう》した。

「あんたはとても美男子だ。すぐに売れっ子隼夫になるだろう」

「ウレッコ……とはなにかの子供か？」

怜景はちょっと目を大きくした。

「まさか妓楼を知らないのか？」

「うむ。吾はずいぶんと山……辺境の在郷の出でな。街とやらに初めて来たのだ」

「ああ、そうか」

妓楼も売色宿もない田舎なのか、と怜景は同情めいた視線を向けた。

「隼夫は女性と楽しく話をして、仲良くなる仕事だ。女たちはあんたのようにきれいな男が好きだから、たいして難しいことじゃない」

「人と仲良くなれるのか……そんなことで金がもらえるならやってみたい」

青年は目を輝かせた。

「よし、決まった。俺は怜景という。あんたの名前は？」

「名か」

青年は少し考えるように首を横に倒した。

「以前、蒼薇《ソウビ》と呼ばれたことがあった。それでよいか？」

「蒼薇、か」

青銀の髪に蓮のような紫の瞳、華やかで品のある顔立ちにその名はよく似合っていた。

「姓は？」

「ない。天にも地にも吾一人だ」

蒼薇は妙にいばった様子で言う。孤児ということかと怜景は納得した。

「わかった。蒼薇。これからよろしくな」

怜景は約定の証《しるし》に手を差し出した。蒼薇はその手をしばらく見ていたが、やがて、にっこり笑って怜景の手の上に饅頭を載せてきた。

三

「ほう、えらく美形じゃないか。怜景、おまえいい拾いものをしたな」

紫燕楼の楼主、臥秦《ウオチン》は怜景が伴ってきた蒼薇を見て、髭だらけの顔をほころばせた。

パンパンと両手で蒼薇の体を、強度を確かめるように上から下まで叩いてゆく。

「うちは条件も待遇もきちんとしてるから心配いらねえよ。基本は日が落ちてから夜の鶴の刻（二三時）までだ。客と部屋に入ったら、昼までには出てもらうからな。通いでもいいが……なに？　家がない？　じゃあ楼に部屋を用意してやろう。休みは月に一回、鬼灯月《グイドンユエ》（八月）と蘭花月《ランファユエ》（一二月）には長めの休みもとれる。基本給は一日銀三枚、そこから部屋代として銅五枚引くぞ。あとは客一人につき銀一枚、客からもらう金は自分のものだ。他に質問は？」

楼主がたたみかけるように言うと、蒼薇は左右に頭を揺らし、怜景の方を見た。わかってなさそうな顔だ。

「怜景、わからないことは教えてやってくれ」

臥秦もそう思ったのか、丸投げされてしまう。

ジャラリと怜景の手に部屋の鍵が渡される。怜景はそれを軽く放り上げ、手の中に握りしめると蒼薇を振り返った。

「部屋に案内するよ、こっちだ」

三階まで上り鍵を開けて部屋に入る。しばらく使ってなかったのでほこり臭かった。

怜景は窓辺へ行って板窓を押し開けた。夜の風が開けっ放しの扉まで通り、こもった空気を押し出して行く。

「やあ、美しいな」

蒼薇は怜景の隣に立って、夜景を見つめた。

夜の中に一列に並んでいる赤い灯りは、伽藍街を取り囲む石壁の上に置かれたランタンだ。

その下にもさまざまな色や形のランタンや灯籠が輝いている。

石造りの道を人が行き交っていた。男と女が、男と男が、あるいは女同士が腕を組み、身を寄せ合い、おしゃべりしながら歩いて行く。

誰もが楽しそうだった。

「今夜は祭りなのか？」

見下ろしていた蒼薇が振り返って尋ねる。

「いや、毎晩こんな感じさ」

「みんな笑顔だ」

「笑顔っていうかにやついているんだよ」

「お、暗い気配の男もいるぞ」

蒼薇が指さす方を見て、怜景は苦笑した。男がうつむいてふらふらと歩いて行く。

「ああ、ふられたんだろう。妓女に真剣になって馬鹿をみたな」

「ふられる、というのは？」

「いいか、蒼薇」

怜景は蒼薇の両肩に手を掛けて、自分の方へ振り向かせた。

「俺たち妓人と客の関係には三無というのがある。真剣にならない、深入りしない、愛さない、の三無だ。向こうだってそうだ。俺たちとは遊びでしかない。どんなに甘い言葉を囁《ささや》かれても、主導権は俺たちが握るんだ。それを肝に銘じておけ」

「うむ……それで吾はどうすればよいのだ？」

蒼薇の素朴な言葉に怜景は腕を組んだ。

「その前に言い方なんだけどな、なんだ吾って。そんな言葉、今時じじいしか言わないぞ」

「そうなのか？　教わったときからずうっとこの言い方だったから、今更直せぬ」

はあっと怜景はため息をつく。

「まあいいか。一種の特徴にはなるかもしれんしな」

怜景は蒼薇の襟を直し、汚れてもいない肩を払った。

「お前はまだ見習いだ。最初は俺と一緒にいて隼夫がどんな仕事をするのか見ていろ。それで俺が酒を持ってこいと言ったら厨房から酒を運べ。料理を持ってこいと言えば料理だ。簡単だろ？」

「うむ。酒に料理だな。了解した」

蒼薇は子供のように大きく真面目にうなずく。その様子を見て、今更ながらこいつは何歳なのだろうと怜景は首をかしげる。

ものを知らぬ幼子のように無邪気な目をするかと思えば、知恵ある賢者のようなまなざしを向けてくるときもある。

「じゃあ店に行こう。俺の客がまだ待っているからな」


怜景は蒼薇をつれてさきほどの客、香容のもとへ戻った。香容は怜景が出て行ってからも酒をおかわりしていたらしく、顔が真っ赤だった。

「ああ、ああ、怜景！　無事だったのね！」

香容は怜景の姿を見て長椅子の上から両腕を伸ばした。

「香容さま……ご心配おかけしました」

「本当よ、あなたがどうなったか心配で心配で、つい杯を重ねてしまったわ」

香容は卓布の上にちらかった杯や皿に、恥ずかしそうな目を向けた。

「あやうく殺されそうになりましたが、香容さまのお姿が目に浮かび、最後の力を振り絞って相手を倒すことができました。きっと香容さまが私を思っててくださったからですね」

「ええ、ええ。わたくし、あなたの無事をずっと祈ってたの……それで、その、……そちらの方は？」

商人の妻は好奇心いっぱいの目で怜景の背後にいる蒼薇を見つめた。心配していたと言いながら、初めからちらちらと視線を向けていたのは知っている。

蒼薇は銀色の長い髪をかんざしを使って頭頂でまとめ、耳の横に一筋だけたらしている。着ているものは怜景が貸した流行《はや》りの袂《たもと》の長い袍だ。白い布だが裾の方が水に染まったような青色をしていて、端整な美貌の彼によく似合っていた。

「ああ、彼がまさにその危険な場で私を助けてくれたのですよ！　彼が現れたことでやつの注意をそらすことができて反撃が成功したのです」

「まあ！　それでは怜景の命の恩人ではないですか！」

香容は口元を押さえ、うっとりと蒼薇を見上げた。

「そうなんです、聞けば彼は失職したばかりだそうです。それでとりあえず紫燕楼を紹介しました。香容さま、もしよろしければ彼の最初のお客さまになっていただけないでしょうか？」

「まあ……それはそのぅ光栄だけれども、さっきも話したようにわたくしはしばらくは……」

怜景は最後まで言わせなかった。

「ええ、もちろんわかっております。けれど妓楼で働くのが初めてという彼に、香容さまから祝福の一杯をいただければ、彼のこれからもきっとうまくいくのではないかと……ぜひ私の恩人に香容さまの施しを授けてやっていただけませんか」

資金不足ということで金を出し渋っている客の固い財布の紐《ひも》を緩ませる、そのためなら命の恩人だって使う。もともと景気のいいことが大好きな彼女なら、もう一押しで杯を塔のように積み上げる甘露杯塔《シャンパンタワー》をさせられそうだ。

「香容さまも最後の夜ということでお楽しみいただけるのではないかと」

怜景は蒼薇の腕を引いて香容の隣に座らせた。蒼銀の髪の美形を間近で見つめ、香容の頬がますます赤くなる。

「まあ……まあ、本当に、なんて美しい人なの」

香容の手が震え、杯から酒がこぼれる。好機到来、と怜景は胸の中でほくそ笑んだ。

「蒼薇、香容さまのお手が汚れた。拭いてさしあげておくれ」

これで自然に蒼薇が香容の手を取ることになる。反対側の手は自分が握っている。

二人に迫られれば財布は、いや、香容はこちらのものだ。

「拭く……手を拭く、拭くもの……」

蒼薇は呟いて、ちらっと卓の上を見つめた。

「ふむ、ではこれで」

蒼薇は杯を持つ香容の手を取る。その仕草は優雅だった。香容が夢見るように目元をほころばせる。次の瞬間――

ガチャガチャパリーン！

卓の上に載っていた皿や杯、酒壺《さかつぼ》がひっくり返り、料理や酒が飛び散った。

蒼薇が拭くもの、と言ってひっぱったのは卓に掛けられていた布だったのだ。

「きゃあっ！」

「うわあ！」

香容の服の上に真っ赤な葡萄酒《ぶどうしゅ》が降り注ぐ。怜景の顔にも煮豚の汁が撥《は》ねた。

「そ、蒼薇！」

怒鳴られた蒼薇はまだ香容の手を握ったまま、丁寧にその指を拭いていた。

「さあ、きれいになったぞ」

にっこり笑って女の顔を見た蒼薇は、きょとんとした。

「なんだかさっきより汚れているようだな。もっと拭くか？」

香容はさんざんわめいて帰って行った。払った金は戻し、衣服の洗濯代を出してしまえば怜景にとっては銀二枚もの赤字だ。

「吾はなにかまずいことをしたようだな」

長椅子の上で頭を抱えている怜景に、蒼薇は心許《こころもと》ない顔をする。

「ああいう場合はどうすればよかったのだ？」

「手が汚れていると言ったときは……」

それでも怜景は声を振り絞って答えた。

「指先に唇で触れればいいんだ……それに布で拭きたいのなら自分の服の袖を使え」

「ああ、そうか。これも布だったな」

蒼薇は大きな声を出して自分の服の袖を振った。

「こんどはちゃんとやってみる。怜景、教えてくれ」

「ほんとに……頼むぜえ……」

気を取り直した怜景は、蒼薇と店の入り口辺りに立ち、新しい客を待ち受けた。お気に入りの隼夫がいる客以外なら誰を相手にしてもいい。当然ながら決めるのは客だが、怜景は声をかけて断られたことがない。

「いらっしゃいませ」

店の扉が開くたびに立ち並ぶ隼夫たちが声をあげる。女性客は品定めをして気に入った男を指名した。

「あら、この方初めて見るわね」

今までに何度か来ている礼紫《リーズー》という客が蒼薇に目をとめる。指名を作らず毎回新しい隼夫を選ぶ客だった。しかも一階で遊ぶだけで決して隼夫の部屋にはあがらない。

「彼は今日が初回です。私が補佐としてつきますが、それでよろしければ」

怜景がさっと蒼薇の前に立ち、頭をさげる。礼紫は二人を見比べていたが、

「お代は一人分でよろしいのかしら」と聞いてきた。

「はい、結構です。私はあくまで手助けするだけで、一人で十分と思えたら離れますので」

もちろん怜景は最終的には自分の客にして銭を稼ぐつもりでいた。蒼薇はいわば餌だ。見目だけはいいから客は簡単に釣れる。

(だが、隼夫は顔だけじゃやっていけないんだよ)

怜景は蒼薇と礼紫を卓につかせ、自分は酒と杯を運んだ。

「どうぞ。礼紫さま」

「あら、あたくしの名をご存じですの？」

「もちろんです。礼紫さまはいつもきれいな飲み方をされると聞いております」

これは本当だった。たくさん飲む客だが、乱れたところをいっさい見せない。来たときと同じ足取りで帰って行く。部屋にあがらなくても店で酒を飲んでくれればそれは隼夫の給金に反映される。

「お酒を飲んで楽しい話をするのが好きなだけよ」

礼紫は艶めいた唇で笑う。さきほどの香容と違い、ほっそりとしているが、意志の強そうな目をしていた。多くの女中や下男を上流階級に斡旋《あっせん》する店を経営していると聞いていた。

「楽しい話は吾も好きだ」

蒼薇が膝の上で手を組み、はす向かいに座った礼紫を覗き込むようにする。

「どんな話をするのだ？　怜景、聞かせてくれ」

「いや、話をするのはお前だよ」

「吾が？」

蒼薇はきょとんとする。

「話と言っても最近はずっと眠っておったのでな。人の世の話は疎い」

「あなたのことを聞かせてちょうだいよ」

礼紫は杯に赤い酒を注ぎながら言った。

「あなたの出自や生い立ち……生まれ故郷のことでもいいわ」

「生まれ故郷か」

蒼薇は礼紫から杯を持たせられ、その香りを吸い込んだ。

「そうだな……。吾の故郷には――龍の伝説があった」

その龍は古母山《グームーシャン》と呼ばれる山に住んでいた。昔は龍が何頭も空を泳いでいたが、徐々に数が減っていった。龍の数が減るにつれ、人の数が増えていった。

龍は白く輝くうろこを持ち、水の流れのような青いたてがみを持っていた。体は大きく、この紫燕楼を一巻きくらいはしそうだった。

仲間たちがあまり現れなくなってからは、龍は寝てばかりだった。古母山は静かで龍の寝床としては最適だった。

そんな日々の中、ある日龍は耳障りな音を聞いた。目を覚まして岩穴から出てみると、大勢の人間たちが山の麓に居座っていた。人間たちは山の上にいる龍に気づき、大騒ぎになった。

そのうち人間たちの中から一人の姿のよい若者がやってきた。若者は礼儀正しく頭を下げ、龍に話しかけた。

「我らはここより西の犀《シー》の民。戦で国を滅ぼされ、敵の追撃を逃れてこの地へ到達した。どうかここに我らの村を造るのを許して欲しい」

若者は犀の国の皇子だった。

龍は人間とはほとんど関わってこなかったが、自分を見ても怯《ひる》まず堂々とした態度の皇子を気に入った。そこで山の麓を村として開墾することを許した。

犀の人間たちは働き者で、たちまち荒れ地に水を引き、畑を拓《ひら》き、田を作った。

皇子は人々を導き、率先して開墾作業を行った。

夜になると皇子は龍のもとへ来ていろいろな話をした。仲間の来訪もなく、暇を持て余していた龍は皇子の話を興味深く聞いた。

やがて村の子供たちもやってきて、龍の周りは賑《にぎ》やかになった。

龍は自分の周りの変化を楽しんだ。こんな景色を見せてくれた皇子に感謝した。

やがて皇子が王になり、髪が白くなり腰が曲がり始めた頃、村もそれなりに大きくなり、人もずいぶん増えた。

もう村という器では人はあふれてしまいそうだった。

そんなとき、王の配下のものたちは、自分たちを滅ぼした朔《シュオ》という国を討とうと立ち上がった。朔は犀を滅ぼしたあと、その地を自分たちのものにした。もともとは犀の国だ、奪《と》られたものを取り返すときが来たのだといきまいた。

そしてそのために龍の力を貸して欲しいと。

長年の友人である王は反対した。龍は天の使い、人の世の興亡に関わる存在ではないと。

だが犀の国の人々は、自分たちには龍がついていると朔へ攻め込んだ。

龍はもちろん関わるつもりはなく、山の上から双方の戦いを見ていた。

だが戦いの中で自分と遊んだ子供たち——もう大人になっていたが——が次々と死ぬのを見た。王の息子が傷つくのも見た。そして王の喉元に迫る敵の剣を。

龍は山から飛び立っていた。朔の領地を飛び、風を起こして矢の軌道を変え、その巨体を震わせ朔の馬を怯《おび》えさせた。

やがて戦いは犀の勝利となった。

人々は龍を取り囲んで勝利の歓呼をあげた。だが王だけは苦渋に満ちた顔をし、後悔に唇を噛《か》んでいた。

そのとき、天が割れた。

天の声が雲間の光のようにその場にいた人々に、龍に、降り注いだ。

(――龍は人の命に、国の興亡に関わってはならぬ。おまえはその掟《おきて》をやぶった)

降り注ぐ声とともに龍の体が尾から石に変わっていった。

(――おまえは眠らねばならぬ。おまえが再び目覚めるのは地が天の周りを三〇〇回巡ったとき……)

やがて龍の全身は石に変わり、彼はなにも見えず何も聞こえず、何も感じることができなくなってしまった……。


蒼薇がここまで話したとき、黙って聞いていた怜景が自分の杯に口をつけ、それが空になっていることに気づいた。

「それで、龍は目覚めたのか？　天の周りを三〇〇回って、つまり三〇〇年たったらということか」

怜景は自分の杯に酒を注いだ。

「そうだな、龍にとってはさほど長い時間ではないが、人にとっては遥《はる》かなときだ」

蒼薇はどこか痛むように片目を細めて笑った。

「龍が目覚めた場所は山の中だった。石になったのは朔の都市の中だったのに。石の体を犀の人々が運んでくれたんだろう。龍は木造りの古い荒れた廟《びょう》の中にいたことに気づいた。それでそこを出て山の麓に降りたのだが、そこは犀の国ではなかった」

「え？　どういうことだ？」

「龍もどういうことだろうと思い、人間の姿に変化して街を歩いてみた。誰に聞いても犀の国のことは知らないんだ。古い国の話に詳しい学者のところへ行ってようやくわかった。犀の国は一〇〇年も前に華国に滅ぼされてしまったのだと」

「滅んだ……」

怜景はその言葉を苦いものを含んだように呟いた。

「龍が石になって三〇〇年。犀の国は龍を崇《あが》め、龍を神とし栄えたのだけれど、疫病や干ばつ、そして戦に次ぐ戦で国の力は衰えた。やがて版図を広げていた華国に飲み込まれ、犀という国名はなくなった。今では華国の領となり、別の名で呼ばれている」

「……」

「王や王の子孫たちの行方もわからない。華国と最後の戦をしたときに、王家は根絶やしにされたとも言われている」

「それで……その話を聞いて龍はどうしたの？　怒って暴れたりしたのかしら」

「いや」

蒼薇は空になった杯の縁を舐《な》めていた。視線はどこか遠い昔を見つめているように茫洋《ぼうよう》としている。

「龍はただ哀《かな》しかった。彼は友人ともう一度会いたかったからね。龍はそれから華国を旅してみようと思った。もしかしたら友人の子孫がどこかにいるかもしれない。龍の話が伝えられているかもしれない……」

蒼薇は目をあげていたずらっぽい笑みを浮かべた。

「そういうわけで龍はこの国で一番人が多くて賑やかな場所を探し、ここへやってきて、今この椅子に座っているというわけだ」

「あら」

「おい」

話の意外なオチに礼紫は笑い出し、怜景は怒った。

「じゃああなたがその古い龍なのねえ」

「作り話もほどほどにしろよ！」

「でも面白かったわ」

礼紫は蒼薇の杯に葡萄酒をついでやった。蒼薇は礼を言って杯をあおる。

「楽しんでもらえたようで嬉しい」

蒼薇は笑う礼紫から怜景にまなざしを移した。

「おぬしは楽しめなかったのか」

怜景は小さく舌を打つと紫の目から視線をそらせた。

「滅んだ国の話は嫌いでね」

「そうか、それはすまなかった」

頭をさげる蒼薇に怜景はもう一度舌打ちした。

「酒が少なくなった。おかわりをいれてくる」

怜景は酒壺を持って立ち上がろうとした。その腕を蒼薇が押さえる。

「酒と料理は吾の役目であろう。酒をいれてくるのでその壺を寄越《よこ》せ」

「いや、いいよ。今はお前が礼紫さまのお相手をしているんだ。酒は俺がいれてくる」

「吾はもう失敗はしない。いいから寄越せ」

蒼薇が強引に怜景から酒壺を奪った。そのとき、勢いがつきすぎて酒壺が蒼薇の手からすっぽ抜けた。

「あ、」

「あっ！」

酒壺は天井にまで飛んでその衝撃で粉々になった。陶器の破片と酒が店の中に降り注ぐ。

「きゃああっ！」

「ひゃああっ！」

大惨事だ。そこここで悲鳴があがる。

「怜景、怜景……吾は決してわざとやったわけではないのだ」

蒼薇の声が小さくなる。怜景はしゃがみこんで手で顔を覆った。礼紫がけたけたと笑っている声が、悲鳴の中に響いていた。

四

「蒼薇、お前は顔はいいんだが、どうもやることが雑すぎる」

妓楼の主人、臥秦は苦虫を噛み潰しすぎて泣いているような顔になっていた。

「隼夫の客は女性だ。女性は繊細に扱い、気を利かせないとついてこない。だからお前はなにもしないでいい鶯子になれ」

「鶯子……」

蒼薇はやはりなにもわかっていない顔で繰り返す。

「そうだ。男相手の妓夫だ。ちょうど常連の計大人《ジーダーレン》が来ていらっしゃる。通常は初回を終えて二度目から寝台を使うんだが、今回計大人に特別におまえの筆おろしをお願いした」

「ふむ」

おそらく筆おろしという言葉も知らないに違いない。

「鶯子がどんな仕事かそれでわかる。いいか？　寝台に入ったらじっとして動くんじゃない。全部計大人がやってくださるから言われたことだけすればいい」

「わかった」

うなずく蒼薇の肩を楼主は大きな笑顔を見せて叩いた。後ろにいた怜景はひどくいやな予感にさいなまれている。

「楼主、いきなり本番は無茶じゃないですか」

「いや、こういうやつこそ本番で映えるものだ。計大人は初物がお好きだし、道理をわきまえてらっしゃるので無茶はしない」

非難めいた怜景の声にも、臥秦はとりあわない。

「しかし、ほんとになにも知らないんですよ？　逃げ出したらどうするんです」

「怜景、安心しろ。吾は逃げることなどない」

蒼薇が自信たっぷりに言う。絶対わかっていないだろうという顔に、怜景はますます不安になってくる。

「楼主、計大人をお連れしました」

別な鷺子が扉の向こうで声をかけた。臥秦はうなずくと、扉を開ける。外には体格のいい男性客が立っていた。

「計大人、これが蒼薇です」

臥秦が紹介すると蒼薇は相手に向かって軽く頭を下げた。

「ほう、ずいぶんと美しい。銀色の髪とは北方の出かね」

「うむ、ここよりは北の方だ」

鷺子でありながら同等の口をきく蒼薇に楼主は慌てた。

「申し訳ありません、計大人。なにせ今日が初めてなもので」

「いやいやかまわんよ。こういった反応も新鮮だ」

計大人は年の頃五〇代前半、鍛えられた体はもと軍人ということで、今は商家の警備を請け負う民間の衛士《えじ》組織の長を務めている。

胸まである長い黒髭をしごきながら、計大人は好色そうな目で蒼薇を眺め回した。

そのとき、背後に控えている怜景にも気づく。

「おお、怜景ではないか。なんだ？　お主も鷺子に鞍替《くらが》えか？　蒼薇と一緒にかわいがってほしいのか？」

「いえいえ、私のような無作法ものにはとても計大人のお相手は務まりません」

怜景は愛想良く言うと頭をさげる。

「はは、残念だ。その気になればいつでも言ってくれ」

計大人は気を悪くした風もなく答える。気取りなく、ざっくばらんで金払いのいい気風が鶯子の間でも人気の客だ。確かにこの男なら初めての蒼薇でも間違いなく扱えるかもしれない。

「それでは行ってくるよ」

蒼薇は怜景に軽い口調で言うと計大人のあとについていった。

（本当によかったのか？）

その姿を見送って怜景はしかめつらをする。どんなに覚悟を決めていったとしても、鶯子として初めての夜に平静でいられるものはいない。中には心を病んでしまうものもいるということだ。

怜景は最初から隼夫として入ったので鶯子の経験はない。鶯子への差別意識など持っていないが、自分が男に抱かれる想像はまったくできなかった。

「ほら、怜景。ここで心配していたって仕方がないだろう。早く店へ行け」

臥秦が促す。怜景は不承不承うなずいて部屋を出ようとした。そのとき。

ズズン……！　と大きな音がして、楼全体が揺れた。

「な、なんだ？」

「地揺れか!?」

頭上でバキバキと不気味な音がする。見上げると天井にひびが入っていた。

「この上の階って……」

「計大人と蒼薇が上がった部屋だ！」

怜景は部屋を飛び出して階段を駆け上がった。蒼薇の部屋の前で扉を叩く。

「おいっ！　蒼薇、どうした!?　大丈夫か!?」

臥秦も追いついてきた。二人で扉の前で待っていると、長衣の前をはだけた蒼薇が困った様子で顔を出した。

「どうしたんだ、いったい」

「それが……」

もごもごロごもる蒼薇を押しのけて部屋にはいると、とんでもない光景があった。壁と天井が完璧に破壊され、床にも大穴があいている。

「ど、どうしたんだこれは！」

「ええっと……よくわからない」

臥秦は部屋の惨状にへなへなと膝をついた。

「ど、どうなって、こうなった……」

床の穴のすぐそばに計大人が倒れている。怜景は部屋に飛び込んで計大人を助け起こした。

「計大人！　大丈夫ですか！」

「うう」

計大人はうめいてぼんやりとした目を開けた。命があったことにほっとする。

「いったいどうしたのです」

「龍が」

計大人はそう言うとぶるっと身震いした。

「龍が、龍が」

「計大人、しっかりなさって」

計大人は大きく目を見開くと、さっと立ち上がった。

「うわああっ！」

そのまま部屋から飛び出して行く。

「いったい、どうしたんだ……」

怜景と臥秦は顔を見合わせた。納得のいく説明がつかない。この部屋をここまで破壊したのは誰なのだ？

「すまぬ、楼主。どうもこれは吾がやったようなのだ」

蒼薇は壊れた部屋の中で手を広げた。

「おぬしの言うとおり寝台の中でじっとしていた。そのうち計大人の手が吾の体をまさぐってきた。くすぐったかったが我慢したぞ。そしてその手がある場所に触れたとたん、」

蒼薇はそこまで言うと両手をあわせて頭《こうべ》を垂れる。

「吾にもよくわからないがこうなってしまった」

「つまり……触られたのがいやで暴れたというのか」

天井の穴、壊された壁、破られた床。まるでおとぎ話に出てくる青銅の巨人が暴れたかのようだ。

「いったいどうやって……」

そういえば蒼薇はよくわからない拳法を使う。その力を無我夢中に振るえばこのくらいやってのけるのかも、と怜景が思ったとき。

「お、お前はクビだ、蒼薇！　この楼から出て行け」

悲鳴のように臥秦が怒鳴る。それはそうだろう、今日一晩で蒼薇の出した損害はとんでもない額になる。

「それは――残念だ。吾はまだこの街に……怜景と一緒にいたかったのだが」

なんで、と怜景は思った。なぜ自分は蒼薇の情けない顔に、哀しげな目に、応えたいと思ってしまうのか。なぜどうにか助けてやりたいと、思ってしまうのか。

「楼主……彼を追い出すのは得策じゃありませんよ」

怜景はへたりこんだままの臥秦のそばに膝をついた。

「蒼薇はまだ一銭も稼いでない。このまま彼を追い出せば損ばかりだ。蒼薇はきっと役に立つ、金を稼げる」

言いながら怜景は自分に腹を立てていた。迷惑をかけられ、余計な出費をしながら、なぜ俺はこいつを弁護しているのだろう。

「しかしな、隼夫も鶯子もできないものになにをさせるんだ。この分じゃきっと馬夫だってできやしないぞ」

「そうですね……」

怜景は頭をガリガリとかきむしって考えた。

「とにかくこの見目を活《い》かす方法を……きっと俺が考えてみます」

「怜景、ありがとう。そんなに吾のことを考えてくれて」

背後から喜びに満ちた声が聞こえ、怜景は思わず怒鳴っていた。

「お前のためじゃねえ！　お前に損させられた銀二枚を取り返すためだ！」

「そ、そうか。すまない」

怜景は蒼薇を睨《にら》むと、部屋の前から離れて階段の踊り場に連れて行った。

「お前、あの妙な拳法以外にできることはないのか？」

「あれは拳法というわけでは」

「なにか得意なことはないのか!?」

詰め寄る怜景に蒼薇は困った顔で顎を摘まんだ。

「得意なことと言っても……あ、」

ふと蒼薇は怜景の背後を見た。

「おぬし、また悪いものがついている。外で飛ばしてやったのにしつこいな。やはり元を断たねばだめだ」

そう言うと怜景の肩をぐっと摑んだ。その途端、背中が軽くなった。

「……！」

思い出した。最初に会ったときもこうやって体を楽にしてくれた。気のせいかと思っていたがこれはまさか。

「蒼薇、お前、俺に憑いているものが見えるのか？」

蒼薇はきょとんとした。その不思議そうな顔のまま、怜景をまじまじと見る。いや、怜景の背後を見ているのかもしれない。

「自分で気づいているのか？　怜景は。ずいぶんとしつこく深い、……恨みの霊のようだぞ」

本物だ、と怜景は確信した。自分にまとわりつく霊の存在は知っていたが、いまだかつてそれを指摘し、祓《はら》ったものはいなかった。

「お前、本当に俺に憑いている霊が祓えるのか？」

「おぬしが望むなら完全に消せるが……肉親のようだからな。人は家族を大切にすると聞いている。吾が勝手に消すわけにはいかんだろう」

「……それだ」

怜景は蒼薇の肩を摑むとガクガクとゆすった。

「それだよ、蒼薇！」

「え？　え？」

蒼薇はゆすられるままに頭を前後に振る。

「お前、除霊師になれ！　妓楼に棲《す》む美貌の除霊師《チュリンシー》……祓魔師《フームオシー》、いや祓霊師《フーリンシー》のほうが響きがいいか。女は占いとか霊とか好きだからな。とにかくそっち方向で行こう！」

「ど、どこへ行くのだ？」

蒼薇は怜景の勢いにとまどうばかりだ。

「いいから俺に任せておけ！　それならちゃんと金が稼げる。楽勝だ！」

怜景は蒼薇の肩をばんばん叩いた。蒼薇は理解が追いつかない顔をしている。

「怜景、おぬしの霊は祓わなくていいのか……？」

「ああ、うん、いいんだ。あいつらは俺の過去そのものだからな。俺が使命を果たすまで俺の命に食らいついているのさ」

「それでいいのか？」

「いいんだ」

怜景はきっぱりと言った。その顔に蒼薇もうなずいた。

「わかった、おぬしがそう言うならそうなのだろう。だが、吾の力を必要とするときはいつでも言ってくれ」

「ああ、ありがとう……っていうか、そうじゃない。お前のその力をどうやって使うか、これから二人で作戦会議だ。俺の部屋に来てくれ」

怜景は蒼薇の首に腕を回して自分の部屋にひきずった。

五

「紫燕楼の祓霊師蒼薇、どんな悪霊も呪いもたちどころに祓いのける。あなたの不運は邪霊のせいかもしれません」

怜景はそういう宣伝文句を紫燕楼の女性客に吹聴《ふいちょう》して回った。大概は鼻で笑うか怖がるだけだったが、中には真剣な顔で聞き入るものもいた。

「おまけに祓霊師蒼薇はたいへんな美形なのですよ」

最後にその言葉をつけるのを忘れない。そのせいか、何人かが蒼薇に与えられた小部屋にあがったこともある。

「最近怖い夢ばかりを見てよく眠れないのです」

「夫も子供も悪い風邪にかかってしまって。なにか祟《たた》られているんでしょうか？」

「夫が浮気をしているようなんですが、淫霊に取り憑かれていませんか？」

怜景から見れば、たいていは気のせいだったり、不養生だったり、最後にいたっては言いがかりでしかない。

蒼薇は話を聞き、適切な、あるいは頓珍漢な答えを返す。だが内容はどうでもいい。霊が憑いているなら祓い、憑いていないなら最後にこう言って慰めろ、と教えた。

「それは大変でしたね。でも大丈夫、あなたのような優しく美しい方は善い霊が見守ってくれていますよ。きっとこの先はうまくいくでしょう」

その場合、手を握るのを忘れるな、としつこいくらいに言っておいた。

間近に蒼薇の美貌を見せられれば、たいていの女はぽうっとなって話は耳から目へ抜けて行く。

蒼薇はそれで日に銀を三枚は稼いだ。怜景への借金はおろか、部屋の修繕代もじきに返せそうだ。

「うまくやってるじゃないか」

真夜中、仕事を終えて部屋に戻ると蒼薇は長椅子に横になっている。たいていは小さな灯籠を椅子の手すりに載せ、その灯りで書物を読んでいた。

蒼薇の部屋の修繕が終わるまでは一緒の部屋に住むことになり、怜景は長椅子を蒼薇の寝台として貸し出していた。

「うむ。世の女性は悩み事が多いのだな」

蒼薇は書物にしおりをはさんで閉じると、真面目な顔をして答えた。

「今日の客は、テンだと言われて買った毛皮がイタチだったと言っていた。本人は動物霊が祟っているんじゃないかと言っていたが」

「へえ、それでお前はなんと答えたんだ？」

怜景はにやにやしながら聞いた。

「動物霊は憑いていないと答えた。それからテンとイタチの見分け方を教えてやったがどうにも納得しなくてな。しまいにはイタチをテンに変えてくれと言われたがさすがに吾にもそれはできない……」

怜景は爆笑した。毎晩こうして蒼薇と客のおかしな掛け合いを聞くのが楽しみだった。

「最後には抱きしめてやったんだろう？」

「ああ、怜景の言うとおり奥の手を使った。わめくので胸に抱いてよしよしと頭を撫でたら、じきに大人しくなったぞ」

「上出来だ」

怜景は窓辺に寄ると板窓を閉めた。

「ああ、蒼薇、まだ本を読むのか？」

「ああ、寝るのだな？灯りが眩しいか」

「いや、目をつむってしまえばわからないからかまわんが、……油代も自分持ちだからな。節約しろよ」

「わかっている」

怜景が袍を脱いで寝台に横になると同時に、ふっと部屋が暗くなった。蒼薇が火を落としたのだ。

「怜景……」

暗がりから蒼薇の声がした。

「なんだ？」

「吾のせいで棲家が狭くなってすまんな」

「気にするな」

怜景は真っ暗な部屋の中で目を開けて天井を見つめていた。この時間になれば客は伽藍街から帰っているか、部屋に入ってしまうので通りの音も聞こえない。

「悪霊《あいつら》は……」

　怜景は闇の中に手を伸ばす。

「寝台に女がいれば寄ってこない。だからせっせと客を呼んでいたんだが、お前と一緒のせいか、一人でもゆっくり眠れるようになったよ」

　体が重いのは変わらないが、悪夢は見なくなった。

「だから助かっている」

「そうか」

　そばに蒼薇がいる。自分につきまとう悪霊をいつでも消せるという男が。それだけで気分がいい。

「おやすみ、蒼薇」

「おやすみ、怜景」

　声をかけあい、怜景は壁の方へ寝返りを打った。その耳にペラリと紙をめくる音が聞こえた。

（この闇の中で書物を読んでいるのか？）

　まさか、と思った。ただ頁《ページ》をめくっただけだろう。

　ペラリ、ペラリ。

闇の中に薄い紙をめくる音が続く。怜景はそれを数えながらいつしか眠りに落ちていた。


そんな他愛のない悩み相談が続いていたある日、紫燕楼に礼紫がやってきた。

「いらっしゃいませ、礼紫さま」

元は蒼薇の客だったが、彼が粗相をしたあと怜景が引き受け、そのとき以来のなじみになっている。

「……どうなさいました?」

にこやかに彼女を接待した怜景だったが、彼女の顔色がひどく悪いことにすぐ気づいた。

「どこかお体の具合でも悪いのではないですか?」

「わかるかしら」

「わかりますよ、ひどくおやつれ……おやせになって、それに」

礼紫は服の着こなしがいい。いつも中心になる色をひとつ決め、それを活かした組み合わせが美しかったはずなのに、今日はずいぶんとちぐはぐな印象だ。

「ひどい格好でしょう。なんというか、余裕がなくてね。ごめんなさい」

礼紫もわかっているようで、隠すように胸の前で腕を組んだ。

「どうされたんですか？」

「あの、なんと言ったかしら、あの美しい人。……あの方、悪霊を祓ったり……なさるんでしょう？」

礼紫は聞き取れないほどの小声で言った。

「蒼薇ですか？」

なので怜景も小さな声で答える。

「ええ……お願いできるかしら。あたくし、もう限界で」

いつもなら女性客を一人で部屋にあげるのだが、今日は怜景もついていった。礼紫の様子がただ事ではないと思ったからだ。

「礼紫どのではないか、どうしたのだ」

部屋に入ると蒼薇は驚いたようだった。

「ちょっと触るぞ」

蒼薇はそう言うと礼紫の肩や背をさっと撫でる。礼紫は大きく息をついた。その様子に怜景も悟った。

「蒼薇、もしかして礼紫さまに」

蒼薇はうなずいた。

「本物だ」

「ああ、……なんだか楽になったわ」

礼紫はそう言うと物憂げに首を回す。

「あなたは本当に不思議な力をお持ちなのね、蒼薇……さま」

「なにがあったのだ、礼紫どの」

蒼薇は礼紫に自分の前の椅子を勧めた。礼紫は崩れるようにその椅子の上に座る。

「ここ数日のことなんですけど……」

礼紫は話しだした。三日ほど前から女の姿が見えること。部屋の中でも外でも、真っ白な肌をして、目の部分が異様に暗い、おそらくは若い女の姿が見える。眠りに落ちるとその女が夢の中に現れて「返して返して」と泣くのだという。

「返して、というのは？」

「これのことではないかと思うの」

礼紫は持っていた手提げ袋から、布に包んだ物を出した。膝の上で包みを開いてみると、美しい玉の首飾りが現れた。

「あたくしの家の近くの骨董市《こっとういち》に出ていたの……色がきれいだったから買ったのだけど、その夜から」

「ああ、なるほど」

蒼薇は首飾りを布ごと受け取り、顔の前に持ち上げた。

「確かにこれだな。持ち主の執着が見える」

「返せって言われても市はもうないし、大体あたくしだってこれをお金を出して買ったのだから、このまま黙って返せば銀三枚の損……ひいっ！」

突然、礼紫は悲鳴をあげた。目を見開き、座っている椅子の手すりにすがりつく。

「た、たすけて！」

「礼紫さま？」

「わかったわ！　返すわ！　返すから！」

つばを飛ばして悲鳴をあげる礼紫の肩を、怜景は背後から抱いた。

「もしかして、今見えているんですか？　礼紫さま！」

「あなたには見えないの⁉　怜景！」

言われて怜景は礼紫が見ている方向を見つめた。そこには蒼薇がいるだけで他にはなにも……いや、

「見えた……」

今までは自分に憑いている霊しか見えなかったので、他人に憑いている霊というのが新鮮だ。ただ、礼紫の言うような女の姿には見えず、なにか白い影のようなものが見えただけだが。

蒼薇は首飾りを持ってくるりと後ろを向いた。

「これはそなたのものか？」

白い影がかすかに揺れる。

「そうか。どこへ返せばいい？」

会話をしているのか？　相手の声は聞こえないが。

「わかった。必ず戻そう。しかし礼紫どのもこれを金を出して買っている。その分を出してもらえるだろうか？」

幽霊相手に金の交渉までしている。怜景はいささか呆れた。

蒼薇は今度は礼紫の方を向いた。

「礼紫どの、これの持ち主がわかった。やはり若い娘だ。明日にでも返すといい。あなたが支払った銀の分も戻してくれるそうだ」

礼紫は椅子の手すりから顔をあげ、怖々と首飾りを見た。

「そ、そうなの？　お金が戻るならありがたいけど、祟られたりはしないわよね」

「大丈夫だ、約束したからな」

「よかったですね、礼紫さま。あとはこれを返すだけですよ」

「あの……」

礼紫は蒼薇の手に乗っている首飾りを、睨みながら言った。

「お願いがあるの」

六

怜景と蒼薇は伽蘭街から出て華京府の西乙区《シーイー》に来ていた。まだ日は高く、いつもなら寝台で布団にくるまっている時間だった。

「蒼薇、そっちじゃない。こっちだ」

目を離すとすぐにふらふらと横道にそれてしまう蒼薇の襟首を引っ張り、怜景は目的地を目指した。

懐には礼紫から預かった首飾りが入っている。あのあと礼紫が言った「お願い」とは、この首飾りを怜景と蒼薇の手で返してほしいということだった。

「とてもじゃないけどもうこの首飾りには触れられないの、怖くって。無事に返してお金も戻れば、二人に銀一枚あげるわ。どう？」

そんなわけで楼主の許可も得て色街を出てきた。怜景にしても久々の壁の外だ。

「あそこだ」

それはけっこう大きな茶器の店だった。店の入り口は閉まり、最近葬式が出たのか黒い布が軒先からさがっている。

怜景は店の戸を強く叩いた。

「はい」

すぐに中から応えがあって、年配の女性が顔を出した。喪に服しているらしく、黒い袍を着ている。

「どちらさまですか？」

女性の顔には緊張が満ちている。目は見開かれ、頬はこわばり、なにか怖い目にでもあっているかのようだ。

「あの、ぶしつけで申し訳ありません。こちらでは最近若い娘さんがお亡くなりになっていらっしゃいませんか？」

「あなたは……」

怜景は右手で拳を握り、左手をその上にかぶせて、顔の前に持ち上げて礼をした。

「私は怜景、こちらは蒼薇です。私どもはこちらにこれを返すように頼まれました」

怜景は懐から布の包みを取り出した。開いてみせると玉の首飾りが五色に輝く。

「ああっ！」

年配の女性は悲鳴をあげ、店の奥へと声をかけた。

「あなた！　あなた！　夏麗《シアレイ》の首飾りが戻ったわ！　夢の通りよ、早く来て！」

その声にやはり黒い袍を着た男性が転がるように出てきた。

「ああ、本当だ！　夏麗の首飾りだ！」

そう叫ぶと男女はしゃがみこんでわあっと泣き出した。怜景と蒼薇は肩を抱き合って泣く二人の前で、どう声をかけていいやらわからず立ち尽くすだけだった。

ようやく涙も落ち着き、茶器店の夫婦は怜景たちを部屋の中へあげてくれた。長椅子に腰を下ろし、卓の上に首飾りを置く。

「この首飾りは一〇日前に亡くなった娘、夏麗の棺《ひつぎ》の中にいれたものです」

茶器店の主人仁庚《レンゴン》は話し出した。一九歳になる一人娘夏麗が、病にかかってあっけなく死に、家族は彼女に豪華な帷子《かたびら》を着せ、髪飾りや耳飾り、首飾りなど、生前彼女が愛した宝飾品をつけさせて葬った。ところが墓に埋めて四日後に、墓荒らしにより掘り起こされ、宝飾品を盗まれてしまったのだ。

「最近墓荒らしが出ることは聞いておりましたので、三日三晩、人を頼んで見守っておりました。しかし、守番がいなくなった四日目に墓を暴かれてしまったのです」

仁庚は悔しそうに言った。

「娘の宝飾品はすべて奪われてしまいました。それが昨日、私と妻の夢に夏麗が現れたのです。夏麗は若い男性が首飾りを持ってくるので、それを銀三枚で買い取るようにと言っていました。起きてから私たちは不思議な夢を見たと話し合い、二人して同じ夢を見たことに驚きました。そうしてあなた方が現れたのです」

「それでは、髪飾りや耳飾り、他にも宝飾品はあったのでしょう？　その中で娘さんはなぜこれにだけ執着を見せたのでしょう？」

蒼薇は卓の上の首飾りを指して言った。それに母親はまた涙をこぼした。

「この首飾りは夏麗の許嫁《いいなずけ》からの贈り物だったのです。夏麗は冬にはこの首飾りをつけて嫁にいくはずでした」

「そうだったんですか」

それならば娘の霊がこの首飾りに執着した訳がわかった。娘の魂はこの首飾りに取り憑き、盗品とは知らずに買った礼紫の前に恨みの姿を現したのだろう。

「娘の墓を三日三晩見守った守番も、その許嫁でした」

お互い深く思い合っていたのだろう、怜景は首飾りを返すことができてよかったと思った。

「それではこれが首飾り代でございます」

夫婦は怜景と蒼薇の前に礼紫が払った代金と同じ、銀三枚を出した。

「墓荒らしというのはそんなにいるのか？」

茶器店の夫婦がくれた銀を手の上でチャラチャラ鳴らしている怜景に、蒼薇が話しかけた。

「数は多くないと思うがいるだろうな。華国の葬儀だと生前使用していた身の回りの品をいれることが多いからな。若い娘なら親は子供のために宝飾品や服をいれたくなるだろう」

「死んでいたら使えぬのに？」

「あの世で使ってほしいんだよ。死んでいたとしてもな。それが親心だ。墓荒らしはその思いを踏みにじる外道だ」

「そうか」

蒼薇は通りを歩く人々に目を向けた。幼い子供を抱いた夫婦が歩いている。老いた親を支える若者がいる。

「吾の故郷でも、親子は互いを大事に思い合っていた。死んだとしてもそれで終わりではないのだな」

「そうだな。人だけだろう、死んだあとも心を残すのは」

怜景はちらと自分の肩を見た。蒼薇が一緒にいるせいか普段よりは軽いが、薄くもやのようなものが見える。

「お主がそれを祓わないのも、彼らを大事に思っているからなのだな」

怜景は蒼薇の言葉に応えなかった。

その夜も普段と同じように客は入り、隼夫たちは着飾った女性たちと酒を飲み、会話をしていた。

怜景も常連の客と酒を酌み交わし、旦那の愚痴を聞いていた。

そのとき、不意に右肩が重くなり、ひっぱられるように入り口の方を向いた。するとついたての隙間から入り口に立つ女客が見えた。

なにか様子がおかしかった。化粧はきちんとしているのに髪は乱れており、上等な長衣を着ていたが、その裾はなぜか泥だらけだ。

女客はきょろきょろと部屋の中を見回している。嫌な予感がして、怜景はついたてをずらし、女を見守った。

女客は案内をしようとした隼夫を振り切ってズカズカと奥へ入ってきた。

その顔は異様だった。眉はつり上がり歯はむきだして怒りの表情を作りながらも、目はどこかうつろなのだ。

彼女はあるついたての前に立つと、それを片手で引き倒した。中にいた隼夫と客が悲鳴をあげる。女は二人に向かって怒鳴りだした。

「なんでほかの女といるのよ！　あんた何よ！　なんで彼と一緒にいるの！　彼はあたしのものなのよ！」

そのときには他の隼夫たちもそれに気づき、女を止めようとした。

「お客様、申し訳ありませんが他のお客様のご迷惑に」

「触るなあ！」

女は甲高い声をあげて、寄ってくる隼夫たちに向かって腕を振り回した。長い袂の中にきらめくものが見える。

「あぶない！　刃物を持ってるぞ！」

怜景は叫んで女の元に駆け寄った。

「落ち着いてください！　どうなさったんです！」

女の口から尋常ではないよだれが溢《あふ》れ、床にシミを作った。

そのとき怜景は女の頭の後ろに白い影を見た。

（あれは……いつか礼紫のときに見たものと同じ）

女は金の大きな耳飾りをしていた。それが怜景の目にはひどく汚らしく見える。泥と血で汚れているような――。

「キイイイィッ！」

女は化鳥のような叫び声をあげて刃物を振りかざした。彼女の前には別な女客がいる。担当の隼夫は腰を抜かしてへたりこんでいた。

「やめろ！」

怜景は狙われた女客をとっさに突き飛ばす。振り下ろされた刃物がギリギリかすめた。

「正気になれ！　あんたはなにかに取り憑かれているぞ！」

女の目がぐるりと回って白目になる。その目のまま再び刃物を振りかざす。

「……っつ！」

空気を切って刃物が怜景の腕を突き立つ。袖が切れて血が卓の上に散った。腰を抜かしたままの隼夫が細い悲鳴を上げる。

「怜景！」

上から声がした。蒼薇が階段の上にいて、手すりを乗り越えようとしているところだった。

「ばかっ！　やめろ！」

叫んだときにはもう蒼薇は飛び降りていた。一番近い卓の上に着地し、それを足場についたても乗り越えて、あっという間に女の背後に迫る。

「やめよ！」

蒼薇の手が伸びて女の肩を摑んだ。その瞬間、女は野太い悲鳴をあげ、折れそうなほどの海老反りを見せた。蒼薇は女の体をはがいじめにした。

「こいつか」

蒼薇の手が女の耳飾りに触れる。

「蒼薇、だめだ！　そのまま引っ張れば耳がちぎれる！」

怜景が叫ぶと蒼薇は動きを止めた。

「押さえておいてくれ」

「わかった」

蒼薇は腕の中に女の体を抱きとめた。女は身をよじって暴れようとするが、蒼薇の腕はびくとも動かない。怜景は女の耳たぶからそっと耳飾りを外した。そのとたん、暴れていた女の体から力が抜け、ずるずると床に崩れ落ちた。

「こいつが原因だな」

手の中にある耳飾りはもう汚れては見えない。蒼薇の指が触れたとたん、汚れが散ったのがわかった。

「そのようだ。これにも女の霊がついている」

「これももしかして墓荒らしの盗品なのだろうか……」


そのあと、意識を取り戻した女に話を聞くと、紫燕楼に行こうと身支度をして家を出てから記憶がないということだった。耳飾りは最近夜市で購入した物だと言う。

「近頃いつも頭痛がしていたんです。でもそんな恐ろしいものだったなんて」

女は泣きながら怜景に謝った。怜景は耳飾りはこちらで供養すると預かり、警府沙汰にはしないことを約束した。

「大変な目に遭ったな」

蒼薇は怜景の腕に布を巻きながら言った。出血は多かったが骨も筋も無事だ。

「こいつの持ち主はわからないのか?」

怜景は卓の上に置いた耳飾りを見た。

「この間みたいに話すとか」

「怒りで混乱して話すどころではないな」

蒼薇は耳飾りのやや上に視線を向けて答えた。怜景には見えないがきっとなにかいるのだろう。

「首飾りのお嬢さんのように冷静じゃないんだな」

「それにしても怜景を傷つけるなど許せぬ……」

蒼薇は美しい眉を寄せて呟く。

「墓荒らし……なんとかできないか? 怜景。二重に被害者が出るぞ」

「俺たちは警士じゃないしな。墓荒らしを捕らえるなんて無理だ」

「そこをなんとか考えるのが人の知恵というものだろう!」

いつものんきな蒼薇が、腹を立てているのが怜景にはおかしい。

「うーん……ひとつ考えたことはあるんだが」

「なんだ？　吾にできることは協力するぞ」

怜景は意気込む蒼薇の顔を見た。にやりと笑う。

「あとで嫌だって言うんじゃないぞ」

「言うものか！」

「そうか。じゃあな……」

怜景は蒼薇に作戦を話した。

七

大通りを葬列が進む。

黒い旗を先頭に、黒い喪服の列が棺を担いで進んで行く。棺の前には死者の絵姿を持ったものがいて、それを見ると亡くなったのはまだ若い娘らしい。

棺の後ろでうつむいて歩いているのは娘の両親なのか、髭の男性と黒いベールで顔を覆った女性だ。

その後ろには数人の泣き女が従い、大きな声で泣きわめいていた。さらにその後ろには親戚の人間たちが、鈴や鐘を鳴らしてついてゆく。

賑やかでありながら哀しい行列だった。

「ずいぶんと立派な葬儀だね」

街の人々は泣き女の数や棺の豪華さにそう話した。

「まだ若い娘さんだからね、ご両親はどれだけ哀しいことだろう」

街の人々はその列に痛ましげな目を向け、何人かは棺の上に銭を投げた。棺に載った銭は喪主が、地面に落ちた銭は誰が拾ってもいい。

葬列は通りを過ぎ、やがて墓地についた。墓地にはすでに葬儀を執り行う僧者が待っていた。墓穴も掘られている。

棺は穴の前で三度回ってから、ゆっくりと下ろされた。僧者が黄泉《よみ》の国へゆく娘のための経を唱え、土が勢いよくかけられた。

すっかり埋めて丸く盛り上がった土に節を抜いた竹を刺す。この国の主流の宗教では、埋葬されたものは七日間は耳が聞こえるし、魂も現世にとどまっているとされる。だが八日目には常世《とこよ》へと旅立つ。なので近親者が八日目に墓に刺した竹を抜きに来ることになっていた。

そのあと、土の上に立派な像を置いて死者との別れが成就する。親しいものは像を設置するまで毎日やってきて話しかけるのだ。

やがて葬列の参加者は、ゆるゆると帰って行った。守番が一人墓のそばに立っていたが、彼も日が暮れると街へ戻って行った。

あとには新しい土の山がこんもりと残り、竹が頼りなげに立っているだけだ。

太陽が西の空に沈みきると、やがて夜の帳《とばり》が墓地を包んだ。さわがしいムクドリたちもねぐらに収まったか、ため息ひとつで壊れそうな静けさが空気を満たしている。

そんな中、こっそりと忍びやってきたものたちがいた。

彼らは鍬《くわ》や鋤《すき》を肩に担いでいた。小さなランタンをかざして新しい墓を確認すると、無言でその周りを取り囲んだ。人数は三人。全員が男だった。

彼らは真新しい竹を抜き、まだ柔らかな土を掘り始める。

彼らは決して口をきかなかった。死者の耳がまだ聞こえる、という話を信じているからだ。

やがて土の中から棺が現れた。

若い娘の棺らしく、美しい花々が彫り込まれた棺だった。

男たちはうなずきあうと、穴の中にはいって棺に手をかけた。何度も繰り返している行為には、合図も必要ない。阿吽《あうん》の呼吸で蓋を開けた。

中には美しい娘が入っていた。まだ死んで間もないのか、腐敗臭もしなければ死斑も浮かんでいない。豪華な刺繍の布に包まれた顔は眠っているかのようだった。

その胸の上に、首飾りが置かれていた。

「……!?」

盗賊たちはランタンの光に輝くその首飾りに見覚えがあった。

そのとき。

死体の目がかっと開いた。紫色の視線が鋭く墓荒らしたちを射る。

「うわあっ!」

さすがに男たちは悲鳴をあげてのけぞった。死者は棺から体を起こし、盗賊の腕を摑みあげる。

「こ、こいつ! 死体じゃない!」

棺の中の娘は腕を摑んだ盗賊を引き寄せると、頭の上にまで持ちあげた。そのまま穴の外まで放り投げる。

「逃げろっ!」

残りの二人は穴から這《は》い上がろうとした。その体が引きずりあげられる。

「汚らわしい墓荒らしめ! 覚悟しろ!」

そう叫んで盗賊を殴ったのは、以前墓を荒らされた夏麗の許嫁の男だった。

「年貢の納め時だな!」

怜景もいる。最後の一人の腹に膝をたたき込んだ。

三人の墓荒らしたちはたちまち縄で縛り上げられた。

「やりましたね！」

「ありがとう！　娘の敵を討ってくれて」

墓地の奥から夏麗の両親や礼紫、それに紫燕楼の楼主や隼夫たちも出てきた。

「やったな、怜景！」

「作戦成功だ」

「全然手伝う必要がなかったなあ」

隼夫たちは怜景にそう声をかけて笑い合った。

「蒼薇、ご苦労さん」

怜景はまだ穴の中にいた蒼薇に呼びかけて手を伸ばした。蒼薇は微笑んでその手を助けに穴から出る。女の姿が違和感なく似合っていた。

「首飾りをお返ししよう」

蒼薇は夏麗の両親に使わせてもらった首飾りを返した。

「あたくしの服も役に立って？」

礼紫が泥で汚れた蒼薇の服のすそをパタパタと払う。

「もちろんだ」

これが怜景の策だった。

派手な葬儀で墓荒らしの目を引いて墓を暴かせ、そこで捕らえる。葬列には隼夫や礼紫たち客に協力してもらい、夏麗の家族にも参加してもらった。

「でもなにも本当に棺の中にいる必要はなかったのではなくて？」

礼紫が気の毒そうに蒼薇の顔の泥を手巾で拭う。

「空だと蓋を開けてすぐに逃げられたかもしれませんでしたからね。驚かせた方が戦意も失《う》せる」

本当は冗談のつもりだったのに、蒼薇はまったく躊躇《ちゅうちょ》せず、棺に入ると断言した。それで怜景もあとに退けなくなってしまったのだ。

「じっと眠っているのは得意なのだ」

蒼薇はそう言って笑った。

僧者や豪華な棺、泣き女たちなどの葬列の費用は怜景が出した。蒼薇から頂いた古銭がけっこうな額に換金できたのだ。夏麗の両親も協力してくれ、派手な葬列に仕上がった。

「これでしばらくは墓荒らしも出ないだろう」

怜景は蒼薇の肩を叩いた。蒼薇は微笑んで怜景の肩を抱く。隼夫たちがその周りを囲んで、暗い墓に場違いな笑い声が響いていった。

終

「蒼薇、湯がたまったぞ。風呂に入れ」

怜景は風呂桶に香りのよい薬剤を入れかきまわした。風呂桶は陶製で、大人が一人膝を伸ばして入れる長さがある。深さは座って腰の辺りまでだ。

「いくらフリとはいえ死人のまねをして棺に入ったんだ。気分はよくないだろう」

風呂に入るときは、いちいち厨房で沸かした湯を運び込まねばならないため、通常は内庭におりて洗い場で体を洗ったり拭いたりする。だが今日は蒼薇の慰労ということで、馬夫たちに金を渡して湯を運んでもらった。

「ほう、これは珍しい」

蒼薇は喜んで服を脱ぐと、風呂桶に体を沈めた。

「おお、温かい！　それによい香りだ。体のすみずみが伸びる心持ちがするぞ」

風呂が気に入ったらしく、手足を伸ばしたり頭まで沈んだりしている。

「背を洗ってやるよ」

怜景も上だけ脱ぐと、風呂桶の中に座っている蒼薇の背に手巾を当てた。

「ああ、気持ちがいいな」

背から肩へ布を滑らすと蒼薇が満足そうな声をあげる。

「王宮にはこの何倍も広い風呂桶があるそうだ」

「何倍も？」

「泳げるほどだとか」

「ほう。吾は湖や沼で泳いだことはあるが、風呂桶ではないな」

「山の中には天然の風呂もあるという話だぞ」

他愛のない話をしつつ、怜景は蒼薇の肩や首筋、腕を拭ってやる。

「ん？　怪我《けが》をしたのか、蒼薇」

湯の中に目を向けると蒼薇の脇に色の変わった部分があった。怜景はなにげなくその部分に布で触れた。その直後のことだった。


ドン！


なにがなんだかわからなかった。陶器の風呂桶が粉々になり、湯が部屋の中に飛び散った。天井に穴が開き、壁が壊れ、外から悲鳴が聞こえた。

「な……っ！」

頭を抱えた怜景がおそるおそる顔をあげると、目の前にいたのは――。

「うそ、だろ」

白銀のうろこを光らせ、ぐるぐるととぐろを巻いている巨大な蛇、いや、青いたてがみや二本の髭、それに鋭い爪のある手足を持っている、これは。

「りゅ、……龍？」

怜景は思い出した。計大人が壊された部屋の中で「龍が、龍が」と口走っていたことを。

龍は頭を巡らせ、顔を怜景の方に向けた。その瞳が紫だった。薄青い睫毛《まつげ》がぱさりとかぶさる。

「ソウビ……蒼薇なのか？」

龍の目がキラキラと輝く。生き残った灯籠の光を反射しているのだ。

「すまない、怜景」

龍は口を開けた。

「この間も吾の仕業だったようだ。すっかり忘れていたが、吾には、そこに触れられると正体が現れてしまう箇所があってな……人間たちは逆鱗《げきりん》と呼んでいるようだが」

龍はぺこりと首を下にさげる。

「また部屋を壊してしまった。楼主にうまく言っておいてくれるか？」

扉の外でばたばたと足音がする。楼主たちが駆け上がってきたのだろう。

「怜景！　蒼薇！　大丈夫か！」

扉が激しく叩かれた。怜景は開いたままの口をようやく閉じ、ごくりとつばを飲むと蒼薇に言った。

「とりあえず、人の姿に戻れ」

「うむ」

しゅるしゅると龍が縮み、元の蒼薇の姿になった。

怜景は大きく息をつくと、この部屋のありさまをどう説明しようかと考えながら、よろよろと入り口へと向かった。

第二話　龍と呪具

序

伽蘭街の中心を走り、住人たちにただ「川」と呼ばれる伽蘭川。

流れは穏やかだし水深もさほどではないが、それでも橋から飛び降りれば死ぬことはできた。

今もそんな死人が橋桁にひっかかって浮いている。

知らせを受けて警府の役人がやってきた。縄をかけてひきあげてみれば、薄物を身にまとった妓女らしい。妓楼の楼主に連絡をとり、死体を検《あらた》めさせねばならない。

伽蘭街では年に何度かある、ありふれた出来事のはずだった。

「それじゃあ、前に話していた故郷の龍というのは本当におまえのことなのか？」

蒼薇が部屋を壊してしまったので、二人は紫燕楼近くの宿に入っていた。楼主には天から星が降ってきて部屋が壊されたと話したが、信じてはいないだろう。

「まあ、そうだ」

「犀の国とか朔の国とか……」

「本当の話だ」

怜景は頭を抱える。

「おとぎ話の主人公が目の前にいるとはね」

蒼薇が妙に年寄り臭いのは古い龍だからなのだ。強い力も霊を視《み》て祓えるのも龍だから。

「じゃあおまえが友人である王様の子孫を探しているというのも本当なのか？」

「うむ」

「そんなことをしなくてもお前なら死者の霊も呼び寄せられるんじゃないのか？」

蒼薇は首を横に振った。

「目が覚めたときすぐにやってみたが応えはなかった。おそらく魂は次の命に入ったのだ」

「次の命？」

「魂というのは輪廻《りんね》している。生きているものは死んだのち新しい命に生まれ変わるのだ」

「なんだ、そりゃ。死んだものはみんな常世《とこよ》へ行くんだぞ？　善き死者は天の常世へ、悪《あ》しき死者は地の常世へ」

「おぬしらの宗教とやらではそう教えているのだろう。だが龍の教えでは違う」

「ふうん……」

ひらりと窓の外から蝶《ちょう》が一羽、入ってきた。それはふらふらと心もとなげに部屋の中を飛んでいたが、やがて外へ出て行った。

怜景はぼんやりとその羽を見送る。

「ああいう虫も生まれ変わるのか？　それとも誰かの生まれ変わりなのか？」

「生まれ変わるし誰かだったのかもしれんな」

「俺の背中に憑いているこいつらも……」

怜景はもやもやと薄暗く見えるものにあごをしゃくった。

「いつかは生まれ変わることができるのか」

「そうだな」

「へえ……」

黒いものは蒼薇の視線に怯えたように散ってゆく。

——だとしたら花や蝶がいい。二度と恨みや憎しみをいだかないように。

石壁の上にランタンが灯《とも》り始めた。伽蘭街の一日が始まる。

「蒼薇、行こうぜ。部屋の修繕代を稼がなきゃいけないからな」

一

紫燕楼に入ると楼主の臥秦と隼夫の一人、李菱《リーリン》が階段を降りてくるのが見えた。臥秦は険しい顔でなにか言っているが、李菱は気にしていない顔であくびをしている。

「……まったく」

顔を洗いにいった李菱と別れて、臥秦が首を振りながら入口の方に向かってきた。

「おはようございます、楼主」

怜景はにこやかに挨拶する。臥秦の苦い顔がさらに歪んだ。

「怜景に蒼薇。おまえたちはちゃんと稼げよ」

「そりゃあもう。早く部屋に戻りたいですからね」

通り過ぎようとする楼主の袖を怜景が摑む。

「李菱、どうかしたんですか?」

「ああ……」

　臥秦は諦めたようなため息をついた。

「いつものことだ。あいつの客だった女が死んだんだよ」

「え……」

「あいつに入れあげていた、確か煙管屋《キセルや》の女房……。明慧《ミンフライ》さんと言ったかな。ここへ通うために旦那に黙って借金を重ねて、それがばれて離縁させられた。親兄弟もいなかったんだろう、借金を返すために妓楼に入ったんだが――」

　臥秦は小声で怜景の耳に囁いた。

「今朝、川に浮かんでいた。自死だ」

「自死……」

「警府が身元を調べてうちの店にも来た。『泡洗女《パオシーニュ》』の妓女だったんだが、そのまえは一年近くうちに通ってた」

「泡洗女……聞いたことがある。洗体《ソープ》を中心とする店ですよね」

「ああ。かたぎの女房に洗体女はつらかったんだろう。俺はいつも言ってるよな、紫燕楼は女たちに夢を売る店だって。身を持ち崩すような入れあげ方をさせるなと。だが李菱は……」

　臥秦は首を振った。

「あいつ、黒丸《ヘイワン》の連中とつきあいがあるという噂《うわさ》も聞きましたよ」

　怜景は洗い場から戻ってきた李菱を見ながら言った。黒丸というのは伽蘭街で幅をきかせる俠極《ヤクザ》のひとつだ。

「客に借金をさせ、それを返すために黒丸がやってる売色店を紹介する。そして見返りを自分の懐に……」

「それ以上言うな、怜景。隼夫同士の根拠のない噂もうちの店じゃ御法度だ」

　臥秦は怜景の唇に分厚い指を押し当てる。怜景は口を閉じた。

　じゃあしっかりな、と言って楼主は入口の方へ出て行った。怜景は唇を結んだまま李菱を睨む。

「怜景……？」

　訳のわかっていない蒼薇が楼主と怜景を交互に見ながら声をかけた。怜景は蒼薇を置いて李菱のそばへ寄る。

「李菱」

「おお、なんだよ怜景」

　李菱は手布で顔をぐるりとぬぐい、客のいない長椅子に腰を下ろした。

「今、楼主から聞いた。またお前の客が死んだんだって？」

「俺の客、じゃねえ。もと客だ。今はただの妓女……おっと、死んだ妓女だ」

　李菱は面長の顔にやや垂れた目が愛嬌《あいきょう》があり、淡い乳白色《クリーム》の髪を結わずに肩からながしていた。ぱっと見、穏やかで優しそうな風貌だ。

「なぜそこまで貢がせる。適当な落とし所があるだろう」

「俺のせいじゃねえよ、女が俺に金を使いたがるんだ。あいつらは俺を一番にするのが嬉しいのさ」

怜景の非難めいた顔を見て、李菱は薄い唇をにやにやと横に引いた。

「そんな商売をしてると店全体の評判がさがって、結局は実入りが減るんだぞ」

「そうしたらまた別の店にいくさ。俺はどこへいったって頂上《トップ》をとれるんだ。あんたがいないところならな！」

李菱は立ち上がると怜景に顔を近づけた。鼻先が触れあうくらいの近さで二人は睨み合う。

「怜景さん、李菱さん、お客様がいらしてます」

後輩の隼夫が呼びに来た。李菱はさっと怜景から身をかわすと入口に飛んでゆく。

この春の流行りの金糸《ラメ》のはいった薄衣を体にまとわりつかせた客が、嬉しそうに李菱に腕を絡めている。

「……くそ」

怜景は椅子の脚を蹴った。振り向いてまだその場にいる蒼薇を見つける。

「怜景。気持ちを暗くすると背中のやつらが喜ぶぞ、落ち着け」

蒼薇が気づかわしげな顔で言う言葉も、今は腹立たしい。

「二階へ行けよ、蒼薇。お前はお前の仕事をしろ」

「……わかった」

蒼薇は迷子の子供のような顔をして、のろのろと階段をあがっていった。

八つ当たりのように冷たく突き放してしまった……と怜景は反省した。

李菱のやり方は気に食わないが、隼夫にはそれぞれの事情がある。互いの客は奪わず、流儀には口を出さない。

「——はあっ」

怜景はひとつ息を吐くと両手で自分の頬を叩き、新しい客を迎えに入口へ向かった。


そして一〇日後、李菱が死んだ。

二

李菱の葬儀は紫燕楼が出した。彼には身内がいなかったからだ。死因は心臓が急に止まったのだろうと検分した医者が証言した。原因は不明。

あまりにも突然であまりにもあっけない死に、隼夫たちは言葉もでなかった。

客が入る前の昼間、伽蘭街から葬列が出発した。李菱と親しくしている隼夫はそれほどはいなかったが、怜景と蒼薇を含めて五人ほどが葬列についた。

李菱の棺は伽蘭街から一番近い墓地に埋められた。僧者が短い経を唱えたあと、穴に下ろし、全員で土をかけ節を抜いた竹を刺す。この土まんじゅうの上には像は置かれないだろう。妓夫の墓に豪華な像を作ってやる余裕はないからだ。

人気のある妓女や妓夫なら、贔屓《ひいき》にしていた客が像を寄付する場合もある。だが、女たちの金をすべて吸い上げていた李菱には、像を造ってくれる客もいない。

「李菱。おまえのやり方は、俺は気に食わなかったが、紫燕楼では確実に稼ぎ頭だったぜ」

楼主が竹に囁きかける。李菱は満足だろうか？

「李菱さん、俺に饅頭をご馳走《ちそう》してくれて、ありがとうございます」

まだ若い隼夫がそっと竹に吹き込む。李菱は見習い隼夫の面倒はよく見ていたので、今回の葬儀にもその少年たちが参加していた。

怜景は李菱にかける言葉は持っていなかった。ただ怒鳴り合ったあの日から一言も言葉を交わしていなかったと思うと、切ない気がした。

「蒼薇」

怜景は楼主たちの真似《まね》をして手をあわせている蒼薇にこっそり囁いた。

「李菱はここにいるのか？」

蒼薇は首を振る。

「なんの気配もない。倒れて自分の死を悟ったのだろう。通常はこんなふうになにも残さず逝くものだ。霊になって残る方が珍しいのだぞ」

「そういうものか」

蒼薇はちらりと怜景の肩の上あたりを見る。

「そういうものだ。知っててくっつけている人間も珍しいがな」

葬儀が終わった帰り道、李菱の付き人をしていた見習い隼夫がぽつんと言った。

「李菱さんがお客様を憎むようにあんなまねをしていたのは――お母さんのせいなんじゃないかと思うんです」

「どういうことだ？」

「李菱さんの母親って、隼夫にいれあげて借金をこさえて、それで実の子供を妓夫として売ったんだそうです……それも売色宿だったそうです」

「そうか」

幼い子供が大人の男相手に体を開かれて、傷つかないわけはない。

「だからといってあいつのやり方が認められるかは別な話だ。結局あいつは自分と同じ子供を作ってただけじゃないか」

離縁させられて妓女となり、結局自死した人妻にも子供はいたかもしれない。

「僕もそう思います……」

もう一人の見習い隼夫がそう答えた。彼は紫燕楼に入ってまだ一ヶ月にも満たない。常客もついておらず、李菱について勉強中だった。

「子供にとってはどんな母親でも大事なんです。だからお客様から子供を奪うようなことをしちゃいけない」

怜景はその隼夫の頭に手をおいた。

「直秀《ヂーシウ》だっけ。そっちは猛伊《モンイー》だな。二人とも李菱付きだったんだろ、今日からは俺につけ」

「はい！」

二人は元気よく答えた。


紫燕楼の楼主は李菱の部屋を片付け、そこを怜景と蒼薇の部屋にすると言った。怜景の部屋の修繕がまだ終わっていないからだ。

「今から見習いに片づけさせる。終わったら引っ越せ」

怜景たちが店の椅子に座って休んでいると、馬夫の一人が中庭から「楼主！　楼主！」と叫びながら飛び込んできた。

「どうしたんだ？」

「井戸のそばにたいへんなものがありました！」

馬夫が布にくるんだものを差し出す。怜景も背後から覗き込んだ。

「これは……」

それは粘土で作られた小さな人形だった。首に淡い乳白色の髪が巻き付けてあり、胴体に李菱の名が刻まれている。背中にはなにかまじないの刻印。そして心臓に針が数本刺してあった。

「呪具だ」

怜景の声にうわっと臥秦は人形を取り落とした。人形は床に落ちるとぽきりと首がとれてしまう。

「李菱は呪われていたのか。じゃあやつが死んだのは……」

「まさか」

怜景は笑った。落ちた粘土人形に手を伸ばそうとしたが、その前に臥秦に拾い上げられてしまった。

「呪具は警司に届け出ることになっている。お前は触れるな、呪いが移ると困る」

「呪いなんて……」

「その昔、呪具のせいで国が滅んだこともあるんだぞ」

臥秦は強い口調で言うと、急いで外へ出た。警司へ行ったのだろう。

怜景は蒼薇を振り返る。

「あれになにか感じたか？　蒼薇」

「いや」

蒼薇はゆるゆると首を振り、穏やかな口調で答えた。

「あれはただの粘土細工だ」

三

華京府は国の首府だけあり警司も多い。中央の大警司、街の西を取り扱う城西《チオンシー》警司、東を取り扱う城東《チオンドン》警司。そして各区にひとつずつ区内警司が設置されている。その中で伽蘭街及びその周辺で起きる事件に対応するのは伽蘭区警司となる。

伽蘭区警司は街の中心にあり、長い螺旋《らせん》階段を持つ塔と、半鐘を備えていた。地下には牢《ろう》があり、酔い潰れて通りで寝込んだものから、無銭飲食万引きひったくり掏摸《すり》カツアゲ喧嘩《けんか》、そして殺人犯までごたまぜに放り込まれている。ここに人がいなかったのは、警司処が完成した日の半刻だけだった。

その牢に——怜景が放り込まれていた。

「おいっ！」

怜景は牢の柵を摑んでわめいた。

「なんで俺がこんなところに入れられているんだよ！　理由を言え、理由を！」

ガクガクと柵をゆすると背後から「うるせえ！」「静かにしろ！」と、犯罪人たちのダミ声が飛んだ。

「くそっ！　こんなところにいると虱《しらみ》が移っちまう」

朝、紫燕楼に警士たちが来て、寝台にいたところをむりやり引きずり出された。寝起きで頭が働かなかったこともあって、あれよあれよと言う間に楼から出されて荷馬車に乗せられ、警司処へ運び込まれたのだ。

「おいっ！　説明しろ説明！」

再度、柵をゆすって怒鳴ると鉄の棒が怜景の手すれすれに振り下ろされた。

「うるさい！　お待ちかねの取り調べだ！　出ろ！」

「取り調べって俺がなにをしたっていうんだ！」

「それを今から調べるんだ！」

驚いたことに怜景の容疑は李菱殺しだった。紫燕楼から呪具が出たことで、彼は病死ではなく殺人――呪死だったのではないかと警司が疑った。その犯人として怜景が疑われているのだ。

「俺が李菱を殺すわけないだろう！」

怜景は手鎖をつけられた腕で卓を叩いた。

「だがお前は李菱と仲が悪かったんだろう？」

取り調べの警司官——警士たちの上官——は怜景よりずいぶん年上の男だった。干しぶどうの入った饅頭を上から押しつぶしたような顔をして、細い目はどこを見ているのかわからない。

「仲がいいやつの方が少ねえよ！　あいつは見習いくらいとしか話さないからな」

「ほう、なぜかね」

警司官は自分の頬にある大きなほくろを指でいじりながら聞く。

「他の隼夫はみんな敵《ライバル》だと思ってたんだよ。あいつはそういう奴なんだ」

「一〇日ほど前に店で口論していたそうだな」

店の誰かからのたれこみか、と怜景は舌打ちした。

「……ああ」

「理由は？」

警司官は反対側の頬のほくろもいじりだした。

「あいつの接客態度について話してたんだ。俺には許せねえやり方だったからな」

「どんなやり方だ?」

警司官は顔から手を離して身を乗り出した。

「客の金を根こそぎ巻き上げる方法だよ。相手を不幸にするばかりだ」

怜景は警司官の眉の上にあるほくろを見ながら答えた。そこも触るのかなと思っていたが、指は伸びなかった。

「ふむ……では店の人間以外にも恨みを買ってる可能性があるわけだな」

「そうだよ。あんな粘土の人形なんか、外からいくらでも放り込めるだろ。さっさと俺を解放しろ。俺が李菱を殺したっていう証拠はないんだろ」

「確かに殺したっていう証拠はない。だが、殺さなかったという証拠もない」

警司官は饅頭に切れ目をいれたような大きな口をぱかりと開いて笑った。

「そもそも李菱が客を不幸にすると言ったが、おまえらの存在そのものが不幸のもとだろう。貞淑な人妻から金を巻き上げ、夫婦を不仲にする」

「店で日頃の憂さを吐き出して、やっと馬鹿亭主の前で笑ってられる人もいるんだよ」

怜景は卓の上に身を乗り出し、饅頭面を見上げた。

「——今日はもう帰っていいぞ、牢もいっぱいだしな」

警司官はそう言うとハエを払うように片手を振った。

警司処から出ると、もう日が傾いている。怜景は振り返って建物の壁を蹴り飛ばしたい衝動を必死に押さえた。そんなことをすれば入口に立っている警士たちにすぐに取り押さえられるだろう。

「くそ、見てろよ……呪具を作ったやつ、俺が捕まえてやる」

怜景は額に落ちてくる長い西日を手で遮りながら、紫燕楼とは逆方向へ歩き出した。


怜景が向かったのは伽藍街の中でも特に売色――つまり性交目的の店が集まる一角だった。洗体の店も数多い。女性向けの店はほぼない。

怜景は店の入口にかかる看板を見ながら歩いた。探しているのは『泡洗女』という店だ。李菱が原因で売色に身を沈め自死を選んだ女、明慧がいた店。とりあえず李菱を強く恨んでいると言ったらその死んだ女の筈《はず》だ。

警司もそのうちたどり着くだろうが、もうしばらく時間はかかるだろう。

店を見つけて勝手口を探す。扉を押すと開いていた。そこから店の中に入ったが、まだ昼間のせいか人気《ひとけ》がない。見当をつけて中庭への道を進んだ。思った通り、この店も中庭に洗い場がある。

年配の女が一人、敷布をたらいに入れて足で踏み洗いしていた。

「よう、せいがでるな」

声をかけるとびっくりされた。この時間に人が来るとは思っていなかったのだろう。

「み、店はまだやってないよ」

女はおどおどした顔で言った。もとは洗体女だったのかもしれない。年はとってい
たが整った顔立ちをしていた。

「客じゃないんだ。知りたいことがあって来た」

怜景は靴を脱ぐと、女と一緒にたらいに入った。

「手伝うよ。こんなに洗い物があるんじゃ大変だ」

「ちょ、ちょっと」

「暴れると水がこぼれちまうぜ」

怜景は女の細腰に手を回し、背中から抱いた。足は洗濯物を規則正しく踏んでいる。

「毎日この量を洗うのかい?」

「そ、そうだよ」

「一人で?」

「あ、ああ……人手が足りないからね」

怜景は洗濯物を踏みながら、しばらく黙って体をゆすっていた。女も黙り込み、背
中を怜景の胸に預ける。

「いい匂いがするね」

くん、と鼻を鳴らして怜景は女の耳元で囁いた。

「洗い粉に香りづけをしてあるんだ……」

「もう少し匂いを嗅いでもいいかな」

「いいよ」

怜景は女と向き合った。唇で額に触れ、頬と首筋に触れる。白髪交じりの髪を優しく撫でた。

「ああ……」

女がため息をついて怜景の胸に体を預ける。

「知りたいことがあって来た」

「……なんだい？」

「明慧って女のことだ」

女はぴくりと体をこわばらせ、顔をあげた。

「あんた、警士かい？」

「違う。俺は隼夫だ」

「ああ」

女はちょっと笑った。すると三つほど若く見えた。

「どうりで。あんたみたいないい男、客にもいないよ。どこの店のお兄さんだい？」

「紫燕楼の怜景だ。よろしくな」

女はうなずくと自分は「藹媛《ラーユエン》」だと名乗った。

「明慧さんは長いことうちの店に通っていてくれた客だったんだ。俺の直接の客じゃないんだけどね」

怜景は藹媛の細い腰に両手を回して言った。

「知りたいことってなに？」

「明慧さんのことをよく知っている同僚はいないか？　彼女の家族のこととか親しい人のこととか」

藹媛は怜景の胸に手を当てて顔をあげた。鼻先が怜景の顎に触れる。

「明慧さんは離縁されちまったんだよ？」

「知ってる。でも家族の他にも知り合いはいただろう。同僚にそういう話をしているんじゃないかと思ってね」

「なんでそんなことを知りたいんだい？」

「明慧さんと関係があった隼夫がついこないだ死んでしまったんだ。だから明慧さんの知り合いに彼からの伝言を伝えたい」

怜景はすらすらと嘘《うそ》をついた。目的のためなら地の常世で、鬼に舌をいくらでも引き抜かれよう。

「へえ……」

女は目を見張った。彼女の中でいろいろな物語が進んだのかもしれない、少し楽しそうな顔になった。

「一人心当たりがあるよ。明慧さんと同室だった女がいる」

「教えてくれ」

女はもう一度怜景の胸に顔を埋《うず》めた。

「あたしの唇の匂いを嗅いでくれたら教えるよ」

「いいとも」

怜景は女の頬に触れると顔をあげさせた。唇は荒れていて皮が剝《む》けている。怜景はその傷にそっと舌を這わせて潤すと、自分の唇を重ねた。


「おお、怜景。大変な目に遭ったな」

楼へ戻ると楼主の臥秦が出迎えてくれた。

「まさか呪具のせいでお前が捕まるなんて思ってもみなかったよ」

臥秦は怜景の体を抱きしめると、背中をぱしぱしと叩く。

「あいにく李菱の部屋の片付けはまだ終わってないんだ。あんなものが出てきたせいで警司の連中が部屋にもないか探し回ってな。かえって荒らされてしまった。おまけにしばらく手をつけるなって言われてるんだ」

「じゃあ俺らはまだ宿にいなきゃいけないんですか」

「怜景！」

頭上から声が降ってくる。見上げると蒼薇が階段の踊り場で手を振っていた。

「遅かったな」

「寄り道してた」

蒼薇は階段を降りてくると怜景の胸に顔を寄せた。

「なにかよき匂いがするぞ」

「ああ、洗濯の匂いだな」

「どこで洗濯していたのだ」

「おい、遊んでないで持ち場につけ。そろそろ客が入る時間だぞ！」

臥秦が怒鳴る。それに応えて怜景が蒼薇を階段に押しやる。

「ほら、自分の部屋に戻れ」

「洗濯の話はあとで聞くぞ」

「龍がなんでそんなに洗濯に興味があるんだ」

その日、紫燕楼に客は入らなかった。いつもなら壁の上のランタンに灯りが入るのと同時に客がやってくるのに、いつまでたっても席が埋まらない。

「どういうことだ？」

楼主が顔を覆って嘆く。

「警司のせいだ。店に呪具が出たっていう話が広まったんだ」

怜景はそう答えて、誰もいない卓に座って酒の杯をあおった。

「呪いがかかった店じゃあ、遊ぶのもためらうだろうな」

「店に呪いなどかかっとらんのに！」

臥秦は怜景の前に座るとやけくそのように酒壺を傾けた。

「外で客引きでもやるか？」

そんな話をしているさなか、店の扉が勢いよく押し開けられて女が転がるような勢いで入ってきた。

「祓霊師の蒼薇ってここにいるのかい!?」

足が透けてみえる薄布をまとっていることから妓女だとわかる。

「どこにいるんだい？　すぐに祓っておくれよ！」

怜景は自分の体を抱いてきょろきょろしている女の前に立った。

「ちょっと落ち着いてくださいよ、どうしたんです」

「落ち着いていられるかい、これを見ておくれよ！」

女は布を巻いたものを卓の上に放り出した。怜景が開いてみるとそこには粘土の人形が入っている。井戸のそばから出てきたものと同じだ。首に黒い髪がまきつき、胴体に『里満《リーマン》』と彫ってある。

「これ、あんたの名前か？」

怜景は胴体の名を指して言った。女はがくがくと首を振る。

「そうだよ！　なんとかしておくれ。この店の隼夫はこれで呪われて死んだんだろ」

怜景は里満という妓女を蒼薇の相談部屋まで連れて行った。蒼薇は人形を一瞥《いちべつ》すると「別に呪いの力なぞない」と言い放った。

「蒼薇」

怜景は蒼薇の首を腕の下に抱え込み、耳に唇をつける。

「そう言うな。女は不安になってるんだ。不安を取り除くのも祓霊師の仕事だ。大体この人形のせいで店に客が寄りつかないんだから、お前が稼がないと困る」

「どうすればいいんだ」

「なにかそれっぽいまじないをして呪いは晴れたと言ってやるんだ」

「吾は嘘は好きではない」

「饅頭おごる」

蒼薇は妓女を振り向いて怜景に教わった営業用の笑みを浮かべた。

「この優秀な祓霊師がそなたの呪いを祓ってしんぜよう。安心するがよい、銀二枚だ」

これでこの場は大丈夫だろうと部屋を出ると、臥秦が階段を駆け上がってきた。

「怜景大変だ、呪具だ」

「呪具を持ち込んだ女ならいま蒼薇が祓っていますよ」

臥秦は聞き分けのない子供を見るような顔で首を振った。

「そうじゃねえ、別な呪具が出た」

「ええ？」

店に降りると女が二人、蒼薇を出せとわめいている。どちらも衣装から妓女だとわかった。その二人が同じ粘土人形を持っているではないか。

「また呪具？」

「いったいどうなっているんだ」

四

「それでどうするんだよ、これ」

臥秦は卓の上に置かれた粘土の人形を気味悪そうな顔で見ながら言った。

結局あのあともう一人粘土人形を持ったものが——こんどは妓夫だった——駆け込んできて、人形は四体になった。

「呪具は届け出るって言っただろ。本来なら呪具が出た店が警司に報告すべきなんだ」

「それぞれどこの店のものかわかってんだからいいだろう」

落ちつきなく歩き回る臥秦を、怜景はなだめた。

「この人形の名前の部分はみんな違う人間が書いたようだな」

蒼薇は呪具に手を伸ばした。振り向いた臥秦が悲鳴をあげる。

「よせ、蒼薇！　呪われるぞ」

「大丈夫だ、どれもただの玩具だ。呪いは感じない」

蒼薇は人形を名前がわかるように一列に並べた。確かに文字は全部違う。

「人形の名は呪いたい相手の名だ。四人の人間がそれぞれ四人を呪ったんだろう」

「物騒な話だな」

持ち込んだ四人に呪われる心当たりは、と聞いてみたが全員知らないと答えた。本当に知らないか、とぼけているのかわからないが。

「こっちの文字は同じ字だ。誰か一人が書いたのだ」

蒼薇は人形をひっくり返し、背中の呪言を見せる。

「それにしてもなんだってこんなに呪具がぞろぞろと」

「大昔の謁《カツ》の国のときのようだ」

蒼薇は今度は人形を立たせると、もう一体の人形と支え合わせた。

「国のあちこちから呪具が発見された。そのときは木片に呪言が書かれているものだったがな。ときの王は呪具を恐れ、それが発見された家のものをすべて殺してしまった。そして国は乱れて滅んでいった」

「そう、俺が言ったのもそのことだ。呪具が国を滅ぼすってな。昔書物で読んだ」

臥秦がぽんと手を打つ。

「あのときも呪具はただの木片でなんの力もなかった。国を滅ぼしたのは王や民の疑心暗鬼だ。互いに信じられなくなって外から攻め込んできた敵にただ殺された」

蒼薇はきっとその様を見ていたのだろう、と怜景は思った。長く生きている龍の目に愚かな人間たちはどう映ったことだろう。

「怜景」

蒼薇が四つの人形をすべて卓の上に立てた。まるで相談しているような姿に見える。

「これはこのままでは終わらないと思う」

「それってなにか？　もっと呪具が出てくるというのか？」

「そうだ。国が滅ぶ前に伽藍街が滅ぶ」

「そ、そんな」

臥秦が色を失う。へなへなと床の上に座り込んでしまった。

「とにかく呪具が出てきたら全部吾のもとに持ってくるよう触れ回れ。紫燕楼の蒼薇は呪具に負けないとな」

「わかった……」


翌日も人形は持ち込まれた。相変わらず隼夫に会いに来る客はおらず、蒼薇の相談部屋ばかりが賑わっている。

怜景は暇な時間を利用して李菱の部屋を片付けていた。警司は大量に呪具が出てきたことでもう李菱の件だけにかまっている暇はなくなったのだろう、部屋の片付けを許可してくれた。

(蒼薇は呪具には呪いの力はないと言った……)

怜景は李菱の服をばさばさと箱に詰めながら考えていた。

(李菱の死が呪いと関係がないことを証明できれば、この馬鹿げた騒動も収まるのだが……)

服や小物を片付けて廊下に出す。最後に寝台のそばにあった引き出しつきの小棚に取りかかった。

「この小棚はけっこういい品だな」

古道具屋ででも買ったのだろうか？　とろりとした飴《あめ》色で、手触りも柔らかい。引き出しには牡丹《ぼたん》の花の彫り物がしてあった。

引き出しの中にははさみや爪切り、爪絵用の筆や塗り色、耳かきなど、小さな手入れ用品が入っていた。

そういったところに手をかけている隼夫は客の受けがいい。李菱は確かにどこの楼でも怜景と頂上を争えただろう。

引き出しの奥に小箱が押し込まれていた。開けてみると小さな耳飾りが入っている。李菱がつけているところは見たことがなかった。

耳飾りの下にすり切れてぼろぼろになった古い布袋があった。開けてみると小さな小さな金の神像と今にも破れそうな古い紙が入っている。

「守り袋か……」

紙に書いてあった名は『功李真《ゴンリーヂエン》』。

(これは――李菱の本名か)

耳飾りと守り袋。おそらく母親が持たせたのだろう。

――李菱さんは借金のために母親に売られて――

葬儀のときの猛伊との会話を思い出す。見習い隼夫にしか心を許さず、自分に群がる女を復讐するように食い物にしていた李菱。だが、この耳飾りと守り袋を手放せなかった李菱。

身につけていないのにすり切れているのは、ことあるごとに触れていたせいだろう。幼い頃も大人になってからも、李菱の心の支えだったに違いない。

哀れ、とは思わなかった。ただやるせなさが募った。李菱は紫燕楼で隼夫を続け、もしかしたら母親がやってくるかもしれないと思っていたのだろうか……。

引き出しの中を開けていくと、白い紙包みが出てきた。開いてみると粉薬と処方の紙だ。

「李菱はどこか悪かったのか？」

処方の紙に書かれた医者の住所は伽蘭街の外だ。こっそり街の外で体を診てもらっていたのだろう。

「李菱は病気だったんだ」

これを知らせれば呪いではなかったと思ってもらえるかもしれない。

李菱の部屋のものをすべて廊下に出していると、見習い隼夫、直秀が階段をあがってきた。

「怜景さん、今、下にどこかの下女が来てて、これを怜景さんにって」

直秀の指先に折りたたんだ文がある。

「ああ、ありがとう」

怜景は引き出しを少年に渡し、文を受け取ってなかを見た。

「直秀、李菱の手入れ道具はおまえと猛伊でわけろ。李菱の付き人だったんだからもらう権利はあるだろう。服は下に持って行って他の隼夫たちにわけてやれ」

「はい」

直秀は神妙な顔つきで引き出しを抱えた。

「そういえばおまえ、李菱が病を抱えていたことを知っていたか？」

そう問うと直秀は叱られたようにうなだれた。

「すみません。李菱さんに黙ってろって言われたので。ときどき胸が苦しそうでした」

「そうだったのか。じゃあ薬のことも？」

「はい。僕と猛伊が薬を買いに行ってました」

なるほど。李菱は矜持《プライド》にかけても自分の弱みを他の隼夫には見せなかったのだ。

「ああ、そうだ。これな」

耳飾りと守り袋の入った小箱を渡す。

「近いうち李菱の墓に竹を抜きに行く。そのときこれを土に埋めてやるから預かっておいてくれ。あいつの大事なものらしいから」

直秀は小箱を開けてみようとしなかった。ただ「はい」とだけ答えた。

翌日も呪具は増え続ける。臥秦はもう怖がりもせず、かたっぱしから屑入《くずい》れにつっこんでいた。

「怜景、飽きた」

蒼薇が相談部屋からげっそりとした顔で出てくる。

「毎日毎日、ただの泥人形にお祓いのまねをするのもつまらぬ」

「そう言いだすんじゃないかと思ったよ。気分転換に外へ遊びに行こう」

怜景がそう答えると蒼薇の顔がぱあっと輝いた。

「いいのか？」

「いいさ。客には人形はこっちで供養するからって楼主に預かっておいてもらおう」

怜景と蒼薇は連れだって紫燕楼を出た。久しぶりというわけでもないのだが、街の空気が懐かしい。

「どこへいくのだ？」

「伽蘭街で一番、氷菓のうまい店だ」

「氷菓？　知ってるぞ！　冷たくて甘いやつだ」

蒼薇が子供のように無邪気な笑顔を向ける。

「たぶんお前の知ってる時代のものより種類は増えていると思うぞ」

五

怜景が蒼薇を連れて行ったのは『胡糖《フータン》』という甘味の店だった。青い柱に白壁、そこに細工窓がはめこまれ、内庭の美しい花壇を見せるように作ってある。女性客ばかりで華やかな店だ。

怜景は店に入ると奥に一人で座っている女のそばまで進んだ。

「鈴郷《リンシアン》さんかい？」

女は南方の出なのか、浅黒い肌と太い眉を持っていた。睫毛も楊枝《ようじ》を乗せられそうなくらい長い。小柄だがはちきれそうに豊満な胸を持っている。顎を支えるむっちりした腕の前には柚子果汁《ヨウズジュース》が入った器があった。

「あんたが怜景さん？　そっちのきれいなお兄さんは？」

「これは蒼薇だ。俺の同僚」

鈴郷は睫毛をぱさぱさと瞬かせ、蒼薇に媚《こび》を含んだまなざしを送った。

「素敵ね、紫燕楼だっけ。今度指名するわ」

「残念ながら蒼薇は客をとらない隼夫だ。こいつがやるのはお祓いだけ」

怜景は鈴郷の前に座った。蒼薇は注文をとりにきた女給に「あれと同じものを」

「あそこのも」と店内の客が食べているものを指さしている。

「あれもくれ」

「そのへんにしておけ蒼薇。俺の財布がもたん」

「そうか」

蒼薇は残念そうな顔をした。

「さて」

蒼薇が一通り注文をし終えたのを見て、怜景は卓の上に手を置いた。

「あんた明慧さんと同室だったんだってね」

「ええ」

昨日怜景がもらった文は洗濯女の藹媛からで、明慧と同室だった女、鈴郷の都合がついたというものだった。

「明慧さんのことを聞かせてほしいんだ。身内のことや親しい人間のことを」

「あんた本当に警司の人間じゃないんでしょうね。面倒はごめんよ？」

鈴郷は疑《うたぐ》り深そうな目をあげる。

「警司にこんないい男がいるか？」

怜景が言うと鈴郷はずずっと果汁を麦わら《ストロー》ですする。

「……明慧が離縁させられたことは知ってるんでしょう」

「ああ」

「あの人、両親を早くに亡くして親戚の家で育ったのよ。だから結婚したのを機に、親戚から縁を切られているの。だから身内たってそういないのよ」

鈴郷は頰に垂れてくる髪をかきあげながら、果汁を麦わらでかきまぜた。

「子供の頃の友人とか、……夫以外に恋人とかは」

話している最中に店員が蒼薇の注文の品を持ってくる。白玉に小豆がかかったものや、卵白でできたひんやりした菓子に蒼薇は満面に笑みを浮かべる。

「それこそ李菱とかいう隼夫でしょ」

「じゃあ夫はどうだ？　離縁したが未練がありそうなやつだとか聞いてないか？」

鈴郷は鼻から盛大に息を吹き出す。

「そもそも夫婦仲はうまくいってなかったみたいよ」

「怜景、これうまいぞ」

蒼薇がさじにすくった甘寒天《ゼリー》を差し出す。怜景はそれをつるりとすすると何事もなかったような顔を鈴郷に向けた。

「明慧に親しい人間はいなかったんだな」

自死した明慧のために、復讐として呪具を置いたと思っていたが違うらしい。

「わかった。ここまで出てきてもらって悪かったな。喰ったものは俺が払う」

「ごちそうさま」

鈴郷はぺらりと伝票を渡す。金額を見て目をむいた。果汁だけじゃなかったらしい。

「そうそう、明慧の旦那は最低だったけど、彼女、子供のことだけは心配してたわ」

鈴郷が麦わらを口にくわえて言った。

「子供は男の子でね、今一三歳だって言ってた。ここに――」

鈴郷は自分の目の下を指さす。

「おんなじ黒子《ほくろ》があるって寂しそうに言ってたわ」

「黒子……」

そういう顔をどこかで見たな、と怜景は思った。しかし一三じゃ客として来るには若すぎる。

「確か名前は、」

「怜景」

不意に蒼薇が怜景の脇腹をつつく。また甘味かと蒼薇の顔を見ると、目線で背後を示された。気がつけば人相の悪い男が二人近づいてきている。

「紫燕楼の蒼薇と怜景だな」

男たちは卓のすぐそばですごんだ。怜景が鈴郷を見ると自分は関係ない、という顔で首を横に振っている。

「なんの用だ？　ここは甘味《スイーツ》をいただくところだぜ」

「顔を貸してもらおう」

　はっと怜景は鼻で笑う。

「俺たちの顔は高くつくぞ」

「いいから店を出ろ」

　怜景は立ち上がると鈴郷に言った。

「戻って金を払うからもう少しいてくれ」

　蒼薇の腕を引くと、蒼薇は「まだ食べている」と動かない。

「いや、お前が来てくれないと俺がやられちまうだろ？」

「そうなのか？」

「四の五の言わずにお前も来るんだよ！」

　男が蒼薇の腕を摑む。蒼薇は不機嫌そうに眉を寄せるとようやく立ち上がった。

「これ、残しておいてくれ。あとで食べに戻る」

　そう店員に言う。男たちが顔を歪めた。

「片付けていいぜ、どうせ戻れねえから」

「ちょっと！　じゃあお金置いていってよ」

　鈴郷がわめいた。仕方なく怜景は財布ごと卓に置く。

「もう少し待っていてくれよ」

「わかった。食べてる」

鈴郷はにっこり笑って怜景の財布を振った。


店から少し離れると水の流れる音が聞こえた。伽蘭川が近いのだ。

最初から目星をつけていたのだろう、店と店の隙間の路地に連れ込まれた。

「何の用だ」

怜景は二人組に向かって言った。

「楼でお祓いをやってるってのはどっちだ？」

男の一人が聞く。それに蒼薇は恐れる様子もなく片手を挙げた。

「お祓いをやめてくれねえかな」

「蒼薇がお祓いをすることとあんたたちとなんの関係があるんだ」

怜景にはわけがわからない。蒼薇のお祓いのなにが気に入《い》らない？

「俺らだって知らねえよ。ただ紫燕楼の祓霊師にお祓いを止《や》めさせろって言われてるだけなんだからな」

「知らない？　誰に言われたんだ」

「おまえの知ったこっちゃねえよ！」

男が腕を振って蒼薇の顔を殴った。だが蒼薇は一歩も動かず、男の拳を受け止めている。

「ぎゃあっ」

殴った男の方が拳を押さえてあとずさった。

「な、なんだこいつ」

「怜景、吾はどうすればいい？」

蒼薇が怜景を振り向いて言う。

「そうだな、一人は眠らせろ。もう一人は取り押さえてくれ」

「わかった」

蒼薇はすたすたと殴りかかってきた方に近づいた。さすがに様子がおかしいと思ったのか、男は身がまえて懐から小刀を取り出す。

「近寄るな！」

「先に殴ってきたのはそっちだぞ」

男が叫び声をあげて小刀を突き出す。蒼薇はそれをひょいと交わすと腕を伸ばして男の首を捕まえた。

「いち、にい、さん……」

怜景が数を数える間に男の体から力が抜け、地面に崩れる。

「ひい……っ」

もう一人が逃げようとする。蒼薇は音もなく飛び上がると、男の頭上を飛んで目の前に着地した。

「ひゃあっ！」

あっさりともう一人の男を捕まえ、蒼薇は彼を地面に押しつけた。

「取り押さえる——これでいいのか？」

「上出来だ」

怜景はパンパンと両手を打ち鳴らし、男の前に膝をついた。

「答えろ、お前たちに命じたのは誰だ？」

「だ、誰って……」

「蒼薇、軽く小突いてやれ」

怜景の言葉に蒼薇が親指と人差し指で輪を作り、それでこめかみを弾《はじ》いた。

「ぎゃあっ！」

金槌《かなづち》で殴られたくらいには衝撃があったようだ。男の目玉が左右に揺れる。

「誰に言われた？」

怜景は再度聞いた。

「あ、兄貴だ……」

男は口からよだれを垂らしながら答える。

「兄貴？　おまえたち侠極のものか？」

「そ、そうだ」

「どこの組だ」

男は唇を閉じた。それを見た蒼薇が今度は反対側のこめかみを弾く。

「ひいっ！　……黒丸だ……！」

「黒丸……」

それはたしか李菱と組んで女を売色に沈めていた侠極の名前だ。

「なんで黒丸が蒼薇にお祓いをやめさせたがるんだ」

「そ、そいつが呪具の呪いを祓うからだ！　余計なことをしやがって……っ。商売の邪魔になるんだ」

「呪具が商売？」

するっと針に糸が通ったように、怜景にはわかった。

「そうか！　伽蘭街に溢れている呪具はお前たちが作って売ってたんだな。李菱が死んだのをいいことに、それを呪いのせいにして」

「……」

男は答えない。怜景は男を地面から引きずりあげた。

「今すぐ黒丸の兄貴とかいう奴《やつ》のところへいって呪具を売るのを止めさせろ！　偽物だと触れ回れ」

「へ……っ」

　男が唇を歪める。

「呪いの道具を欲しがるのはこの街の人間だ。今さら偽物だって言ったって信じねぇよ。欲しいものがいりゃあ売る。当たり前だろ」

「きさま……！」

　怜景は男の顔を地面に叩きつけた。

「怜景、乱暴はやめろ」

　蒼薇が言う。自分のしたことは乱暴には入らないらしい。

「黒丸の兄貴に言っておけ。欲しいものがいれば売るって言うなら、呪いから救われたいものがいれば祓うってな」

　応えはなかった。気絶したのかもしれない。

「蒼薇、店に戻ろう」

「うむ。ちゃんと取っておいてくれたかな」

六

甘味屋から紫燕楼に引き上げてきた怜景は、楼主の臥秦に黒丸の話をした。臥秦のこめかみに青い癇癪《かんしゃく》筋《すじ》がびきびきと浮き上がる。

「あいつら……李菱の死を利用しやがって……ッ」

極力面倒ごとは嫌う楼主だが、店の人間に対する愛情と責任感は強い。

「許せねえ！　なんとかできねえのか、怜景！」

「今のところ手はないな。連中が呪具を作っているという証拠がない」

「くそう……っ」

臥秦は苛立《いらだ》たしげに卓の上を両手で叩いた。伽蘭街に明かりが灯り始める時間だというのに、相変わらず店はがらがらだ。

「とりあえず楼主から警司に伝えてもらえないか？　警司もこの呪具騒ぎはどうにかしたいはずだ。やつらの根城を探してくれりゃ呪具が出てくるかもしれない」

「わかった。すぐ行ってくらぁ」

臥秦は火を吐きそうな勢いで飛び出していった。勢いは立派だが、警司がすぐに動いてくれるかはわからない。

「怜景。黒丸とか言うのが呪具を作っているとわかっているなら、すぐに捕まえられるのではないのか？」

やりとりを黙って見ていた蒼薇が不思議そうに首をかしげた。

「証言だけじゃだめなんだ。証拠がいる。黒丸が人形を作っている工房のようなものを見つけないと」

「工房……」

蒼薇はかしげた首をさらに横にした。

「それを見つければいいのか？」

「ああ」

「できるかもしれぬ」

「えっ!?」

龍の力を使ってか？　と怜景は目を輝かせた。

「だが、そのためには新しい人形が必要だ」

蒼薇は箱に入っている持ち込まれた呪具を指さした。

「これらには呪いの力はないが、思いの力はこもっている。これでは探したとしても念じた人間しか探せない。だからまっさらの新しい呪具が必要だ」

「なるほど」

怜景はぱんと両手を合わせた。

「前に聞いたことがある。持ち物からその持ち主のことを知ることができるという超術があると。それか」

「同じものかはわからないが、そんな感じだ」

　怜景は箱いっぱいの粘土人形を睨んで唸《うな》った。

「新しい呪具と言ったってどうやって手に入れれば」

「それを考えるのが人間《おまえ》だろう」

「丸投げかよ！」

　怜景は長椅子にどかりと腰を下ろし、行儀悪く足を投げ出した。客のいない店はランタンの灯りがむなしいだけだ。

「どうすっかなあ……」

　腕をあげて伸びをしたとき、見習い隼夫の猛伊が近づいてくるのが見えた。

「怜景さん」

「おう」

　猛伊は怜景のそばに来ると膝をついた。

「俺になにか手伝わせてもらえませんか？」

「え？」

「さっき聞いてました。侠極のやつらが李菱さんの死を利用して呪具をばらまいていること。俺だって許せません。李菱さんのためになにかしたいんです」

「猛伊……」

まだ子供っぽいあどけない顔に、猛伊は決意を込めていた。その純粋な表情を見て、怜景は思いついた。

「お前はまだ店に出てないから——あまり顔は知られてないな」

独りごちてうなずいた怜景は、蒼薇を振り返った。

「蒼薇。まっさらな呪具があれば作っている場所を見つけられるんだな？」

「うむ」

蒼薇は力強くうなずいた。

「よし、猛伊。おまえにやってもらいたいことがある」


その夜、黒丸の組に一人の小柄な人物が訪れた。それは辺りを見回し、できるだけ小さな音で組の扉を叩く。

「だれだ？」

扉の向こうで声がした。その声に小柄な人物は小声で答える。

「呪具が欲しいんだ」

扉が細く開いて人相の悪い丸刈りの男が顔を出す。

「どこで聞いてきた」

「知り合いが、別の知り合いから聞いたって。ないのなら帰る」

「なんだ、ガキじゃねえか」

丸刈りは扉を大きく開くと少年を中に入れた。

「俺らがなんなのか知ってるんだろうな？」

「侠極のお兄さんだろ？　呪具はないのか」

少年は生意気な口調で言ったが、部屋の奥から別な男たちが出てくると青くなった。

「俺らは呪具なんか扱ってねえよ」

「そ、そうかい。じゃあ俺は帰る……」

「まあ待て」

奥から出てきた男は、及び腰になった少年の腕を摑んだ。

「呪具は扱ってねえが、たまたま持ってたのがある。それでよければ売ってやるよ」

そう言って人型の呪具を取り出した。少年はそれに恐ろしげな目を向ける。

「あんたが使ったのか？　一度使った呪具じゃだめだ」

交渉するだけの勇気を振り絞って少年が言う。

「まさか。まっさらの新品さ」

「そ、そうか……だったら」

「金が先だ。金一枚」

「……高いよ」

少年は懐に手をいれたまま動きを止めた。

「当たり前だ。呪具だぞ？　人を呪い殺す道具だ。それなりの手間と呪いがかかっているんだ、安いはずないだろ」

「……」

「なんだ、金がないのか？」

「ある！」

少年は震える手で財布を出した。紐をほどこうとしたとき、財布ごと取り上げられてしまう。

「な、なにをするんだ！」

「おお、持ってるじゃないか」

侠極は卓の上に財布の中の銭を全部出す。金属的な音が卓の上で跳ね回った。

「手数料だ。もらっておくぜ」

「そんな……」

男は少年の胸に粘土の人形を押しつける。

「ほら、お望みの新品の呪具だ。持って帰れ」

少年は人形を抱くとさっと身を翻した。その背を男たちの嗤《わら》い声《ごえ》が打つ。

少年は黒丸の組を飛び出して夜の街の中に消えた。


少年が走り出して建物の角を曲がったとき、長い腕が彼を捕まえた。

「……ひっ！」

小さな悲鳴を上げた少年は、相手の顔を見てほっと息を吐いた。

「怜景さん……驚かさないでください」

「手に入ったか？　猛伊」

「はい！」

猛伊は懐に入れていた粘土人形を取り出した。

「よくやった」

怜景は猛伊の頭をぐりぐりと撫でる。猛伊は緊張の糸が切れたのか、へなへなと石畳の上に崩れた。

「紹介者とかなくて大丈夫かと案じたが、お前が子供だったんで油断したんだろう。欲をかいたな」

猛伊はひきつった頬でなんとか笑顔を作った。

「これで李菱さんの死をおもちゃにしたやつらをどうにかできますか……？」

「ああ、あとは任せろ。お前は楼に戻っていてくれ」

そう言うと猛伊はあからさまに不満そうな顔になった。

「手伝うって言ったじゃないですか。最後まで……」

「無理すんな、膝がガクガクだろ。お前には黒丸から人形を買ったっていう証言をしてほしいんだ。危ない場所には連れて行けない。楼に戻って隠れているのも重要な役目だ」

「……はい」

猛伊は渋々といった様子でうなずくと、なんとか立ち上がり怜景と蒼薇に頭を下げた。その姿が見えなくなってから、怜景は蒼薇に人形を渡した。

「どうだ、新品か？　使えそうか？」

蒼薇は人形を持ち上げ、逆さにしたりひっくり返したりして吟味した。

「大丈夫だ、なんの思いもこもっていない。いけそうだ」

「よぅし」

怜景はぱちんと手のひらに拳を打ち当てた。

「蒼薇、頼むぜ」

「わかった」

蒼薇は人形を地面に置いて立たせた。両手の人差し指と中指をあわせると、その隙間の三角の部分に向かって囁く。

「人の形に似せたる器よ。そもそなたの生まれた場所へ戻れ」

すると人形がゆらりと体を揺らした。右足が震えながら動き、左足も動いた。粘土の人形が一歩一歩歩き出す。

「おお、すごい術だな」

「これでこいつは作られた場所に向かう」

怜景は目を見張った。呪具自身に道案内させるとは、龍の力というのはたいしたものだ。

人形は小さな足で歩いて行く。怜景と蒼薇はその後ろについていった。

「……蒼薇」

しばらく進んで怜景は相棒に声をかけた。

「あ?」

「このやり方だと――ちょっと時間がかからないか?」

「仕方ないだろう。こういうものだ」

蒼薇はあっさり答える。怜景は背後を振り返った。起点《スタート》からいくらも進んでいない。

「何刻かかるんだよ、これ……」

七

華やかな妓楼や飲食店は伽藍街の中心に固まっている。壁の近くは街で仕事をしている住人の住居で埋まっていた。街の外から通ってくるものと同じくらい、壁の内側で暮らす者もいるのだ。

敷地面積が限られているので、家は通常の四合院《しごういん》形式——中央に中庭がありそれをぐるりと取り囲むように四棟の家が建つ形——ではなく、骰子《さいころ》のような四角い家が身を寄せ合うように建っている。

そんな住居の中で、割合広い敷地を持つその家は、若い男たちの出入りが多く、夜っぴて灯りがついていた。

今もいくつも立てたランタンの下で、五人の男たちが作業している。一人が粘土をこね、二人が形を作り、一人が呪印を押してゆく。最後の一人はそれを壁に立てたり吊《つる》したりして乾かしていた。手際よく呪いの道具が作られてゆく。

「おい」

一人が不意に顔を上げた。

「今なにか聞こえなかったか？」

「ああ？」

別の男が耳をすます素振りを見せる。

「別になにも。なにかってなんだ？」

「扉を叩く音だ」

「誰か来たのか？」

部屋の中の男たちは全員扉の方へ視線を向けた。すると今度は、確かに小さな音が扉の向こうから聞こえてきた。それはなにか固いもので扉をつついているような音だった。

「なんだ？」

男たちは顔を見合わせた。

「……ずいぶん下の方から聞こえるな」

男が膝の上に乗せていた人形を床に置き、立ち上がった。

「猫かなんかじゃねえか？」

別の男が気やすい調子で言ったが、立った男は用心深く扉に近づいた。

「誰かいるのか……？」

そっと扉を引いた男は、一拍おいて「ぎゃっ」と叫んで飛び上がった。

「どうした!?」

「に、人形が」

扉の外に彼らが作った呪具である粘土人形が立っている。首に黒い髪が幾重にも巻かれ、胸の名を書く部分はめちゃくちゃにひっかかれていた。

男はその人形を見て、部屋の中を見た。床の上に同じ人形が大量に積まれている。

「人形が立ってる！　こ、こいつが扉を叩きやがったんだ！」

「なに馬鹿なこと言ってる！」

部屋の中の男が悲鳴を上げる男の襟首を摑んで引っ張った。

「交代の奴が悪戯《いたずら》しやがったんだよ！」

「あ、……」

その可能性に思い当たり、怯えていた男は急に恥ずかしくなったのか、今度は大声でわめきだした。

「だ、誰だ！　誰がこんな巫山戯《ふざけ》た真似しやがった！　出てこいっ！」

そう叫ぶと夜の中へ飛び出してゆく。残った男たちはどっと笑いながらその背を見送った。

「ぎゃっ！」

闇の中で男の悲鳴があがった。さすがに日頃から荒事に慣れている彼らは、その悲鳴で一瞬にして戦闘態勢を取った。

「誰だ！」

声をあげると闇の中から青年が二人現れた。男たちが突きつけるランタンの明かりに、やたらきれいな顔が浮かび上がった。

「ここが黒丸の呪具工房か」

二人ともたもとの長い袍を着ており、それを夜風に翻している。

一人は長い黒髪をまとめずに風に流していた。精悍《せいかん》な中に愛嬌のある笑みを浮かべている。もう一人は頭頂でまとめた銀色の髪を月光に輝かせていた。冴《さ》え冴《ざ》えとした美貌は恐ろしいくらいだ。

「なんの力もない、つまらない玩具を量産して、街中に呪いを振りまくなんて、一介の俠極にしちゃやりすぎだろ」

黒髪の方が嘲るような口調で言った。

「てめえ！　どこの組のもんだ！」

男がどすを利かせた声で怒鳴る。それに青年は見とれるような笑顔を向けた。

「紫燕楼だよ」

その言葉に男たちの体が反応する。

「や――やっちまえ！」

「蒼薇、頼む」

青年はそう言うと、もう一人のほっそりした男の背後に回った。そして手で男の脇腹を摑む。

「怜景！　そこを触られると吾は――――！」


そのあと黒丸の男たちの記憶は曖昧だ。

一人が言った。なにか白い巨大なものが目の前を通り過ぎた。とたんにどーん！ とものすごい音がして家が崩れたと。

別の一人が言った。ぎらぎらした蛇のうろこが目の前を覆い、鋭い爪が壁を蹴った。それで壁が崩れてしまったと。

もう一人はなにも言わなかった。ただ「龍だ、龍が」とうわごとを発している。

部屋の奥にいた男はわけがわからないうちに家が崩れ落ちたと言った。

最初に家から出た男はきれいな男たちに会って一人に首を摑まれてからなにもわからないと答えた。

騒音に周囲の家のものたちが飛び出してきたときは、崩れた家の外に男たちが倒れているだけだった。そして駆けつけた警士は瓦礫《がれき》の下に大量の呪具を見つけることとなった。

八

侠極の黒丸組が紫燕楼の売れっ子隼夫の死を利用し、役に立たない呪具を販売していた――。

ことの顚末《てんまつ》が伽蘭街を駆け巡った。人々は急速に呪具への興味を失ったらしく、街のあちこちに人形が捨てられるようになった。

警司処が呪具を持っている人間を取り締まると発表したせいもある。

粘土人形は回収され、穴に放り投げられて破壊された。

「かんぱーい！」

客が入る前の時間に、紫燕楼では祝杯が挙げられた。今回の呪具騒動で、怜景と蒼薇が活躍して解決したらしいとのことで、楼主の音頭で簡単な宴が催されたのだ。

呪具を作っている工房を見つけた二人が乗り込んで、大暴れした――そんなことになっている。

泡立つ白酒が瑠璃杯《グラス》に注がれ、盛んにカチンガチャンと杯を合わせる音が響いた。

「呪具もなくなり、今日からいつものようにお客様も戻っていらっしゃるだろう。だがまだ不安を覚える方もいるかもしれない。みんな、しっかりとお客様の心を癒やすのだぞ！」

楼主の臥秦が一回り大きな瑠璃杯を掲げて声をあげた。隼夫たちは「ウラーッ！」と応える。

怜景は蒼薇の杯にどぼどぼと白酒を注いだ。

「飲め飲め、今回はお前のお手柄だ」

「いや、怜景が人形を手に入れる算段を考えたからだ」

「人形を手に入れたことについてなら猛伊もお手柄だ」

怜景は猛伊をそばに呼び、酒を注ぐ。

「猛伊、それから直秀。お前たちも嬉しいだろ、李菱の汚名がそそげて」

「はい！」

猛伊は素直に嬉しそうにうなずいたが、直秀はまだ曇った顔をしていた。

「でも李菱さんが死んだのは変わらない……」

「李菱の分までお前が飲め」

怜景は直秀の杯にも注ぐ。直秀は白い液体の表面に映る自分の顔を見ていたが、やがてぐいっとそれをあけた。

「いいぞ、飲め飲め！」

店の騒ぎは開店まで、いや、開店して客が入ってからも続いた。


「今日はよく飲んだなあ――」

怜景は元李菱の部屋だった自室の寝台に、酒に浸った体を横たえた。

蒼薇の寝台もすぐ近くに置いてある。

「お客はまだ少ないが、戻ってきてくれている」

「そのようだな」

怜景は寝台の頭のそばに置いてある小棚の引き出しを開けた。李菱が使っていた古い小棚は、今怜景が使っている。同じように手入れの品をいれていた。

「ああ、これ……捨てないとな」

取り出したのは薬の袋だった。李菱が使っていた粉薬と処方箋。

なんの病気だったのか調べようと思ってとっておいたのだが、もう意味がないような気がしていた。結局李菱は病死でそこには呪いも悪意もなかったのだから。

怜景は寝転がったまま処方箋を開いた。

「水溶犀角散《すいようさいかくさん》……材料は薤白《がいはく》、栝楼仁《かろにん》、桂枝《けいし》、……」

読み上げていくと、寝台に横になっていた蒼薇が寝返りをうち、首を伸ばしてきた。

「もう一度読んでくれ」

「ん？　なにを」

「その薬の材料だ」

蒼薇の口調にはどこか厳しいところがある。

「あ、ああ……材料は薤白、栝楼仁、桂枝、厚朴《こうぼく》、枳実《きじつ》……」

「違う」

蒼薇は怜景の手から薬の包みを取り上げた。中を開いてぺろりと舌で舐める。

「お、おい。なにをしてるんだよ」

「やっぱり違う。これはそこに書いてあるような薬ではない」

蒼薇はもとのように包みを畳むと怜景に返した。

「どういうことだ？　その薬はなんだ？」

「匂いでわかった。桂枝だけしか入ってないぞ、これは」

「なんだって？　なぜ李菱はこんなものを飲んで……」

カチリ、と頭の中で絵あわせのようにはまった図がある。

李菱、明慧、病、死——。

「最悪の絵だ……」

怜景は自分の腕をぎゅっと握った。

翌日怜景は伽蘭街を出て、薬屋へ行った。李菱の薬の処方箋を出していたところだ。小さな店で店主とその妻だけでやっている。だが壁にはずらりと薬棚が並び、品揃《しなぞろ》えは豊富だ。

怜景が処方箋を見せると、店主は薬効や買いに来た人間について丁寧に教えてくれた。

「……」

自分の想像が当たって、怜景は暗い気持ちで紫燕楼に戻った。

李菱が埋葬されて八日目、怜景は蒼薇ともう一人、見習い隼夫を連れて李菱の墓にやってきた。

墓の前で冥福を祈り、竹を抜く。これで完全に死者とは決別する。怜景は像の代わりに白く丸い石を土の上に置いてやった。

「……おまえ、なにを祈ったんだ？」

怜景は頭を垂れている少年に言った。

「直秀。李菱になにを伝えた」

直秀は顔をあげ、怜景の方を向いた。怯えもうろたえもその顔の上にはなかった。

「李菱の薬をすり替えたのはお前だろ、直秀」

「……やっぱり気づいてたんですね」

直秀は怜景の目を見つめる。

「もしかして僕のことも知ってましたか？」

「……明慧さんの息子か？」

「はい」

直秀は目を伏せた。長い睫毛の下に黒子がある。

「復讐のつもりだったのか？」

「つもりじゃなくて、復讐です」

直秀は墓の丸い石を見つめている。さっきその石の下に李菱の小箱を一緒に埋めたのだ。

「母さまが家を出されて僕はその行方を捜しました。伽蘭街で洗体女になっていると知って僕は李菱さんを、……母さまも憎みました」

直秀の声が震えて落ちた。

「李菱さんに復讐したくて家を出て、紫燕楼に入りました。殺そうと思って機会をうかがっていました。でも一緒にいると……李菱さんは僕や猛伊に優しかった。ぐずぐずと日が過ぎていく中、母さまが自死したと聞いて、」

「李菱を殺すことにしたのか」

怜景が静かに問うと直秀は小さくうなずいた。

「ちょうど李菱さんに薬の購入を頼まれました。最初は毒をいれようと思ってたんですけど、薬屋は売ってくれなくて」

直秀の声に少しだけ悔しさが混じる。

「まあ、そりゃあそうだな」

「だから桂枝の粉と入れ替えました、薬の効き目がなければ李菱さんは死ぬんじゃないかと思って……」

「おまえ、李菱が飲んでいた薬がなんの薬か知っているのか」

少年は首を振った。

「いいえ。どこが悪いのかは教えてくれませんでした。でも苦しそうな顔をしてたので、命に関わる薬ならいいなとは思ってました」

「あれは心ノ臓の薬だ。李菱は心ノ臓をうまく動かせない病気だったんだ」

蒼薇が答える。それを聞いて直秀の頬に空虚《うつろ》な笑みが上った。

「そうでしたか……じゃあ僕は無事に目的を、仇討《あだう》ちを果たせたんだ」

「なあ、直秀」

怜景は手で顔を覆ってしまった少年の頭の上に手を置いた。

「おまえ、自分が作った偽物の薬、試してみたか？」

え？　と直秀は顔から手を放す。

「本物の薬とは似ても似つかない味だったぞ」

蒼薇が言ってべろりと舌を出して見せた。直秀は言われていることがわからない、という顔をした。

「つまり李菱はこれが偽物だと知ってて飲んでたってことだ」

怜景が放ったその言葉に、直秀は弾かれたように体を震わせた。

「ど、どういうことですか！」

「たぶん、お前を見てすぐに明慧の子だってわかったんだろう」

驚く直秀に、怜景は自分の手で顔を指した。

「明慧さんには、お前と同じここに黒子が……泣き黒子があっただろ」

はっと直秀は自分の目の下を押さえた。

「男の子は母親に似るっていうし、きっとお前は明慧さんにとても似ていたんだな」

「な、なんで！　なんで李菱さんは……！」

直秀は怜景の胸に摑みかかった。その手を怜景はそっと押さえる。

「お前の気持ちが李菱にはわかったんだろう。母親を憎んで、愛していた感情が」

「……っ」

直秀は息を呑《の》む。ぶるぶると体が震え始めた。

「だから、だまされたフリで偽物の、効かない薬を飲んでいた。お前の気がすむまで続けるつもりだったんだ」

「そ、そんな。あの李菱さんがそんな……」

嘘だ！　と直秀は強くかぶりを振った。

「まあ犀角散ってやつも病気を根本的に治す力はないそうだ。あくまで血の道の動きをよくするってだけで、あいつはだから——たぶん、覚悟してたんだろう」

怜景は墓の丸石を見やった。

「そうだな、だから李菱は霊となってとどまらなかった。死を納得して受け入れ、すぐに旅立った」

黙ってたたずんでいた蒼薇も言った。視線は墓の上の青い空に向いている。まるで死者の軌跡を追うように。

「李菱さんは……」

直秀は呆然《ぼうぜん》と李菱の墓を見つめた。

「僕の母さまを不幸にした。家を追い出され借金のために洗体女にまで落ちぶれて自死して……でも、李菱さんの周りに集まる女の人たちは、みんな李菱さんを愛して幸せそうだった……。母さまは幸せだったの？　不幸せだったの？」

ゆっくりと崩れてゆく直秀を支えて、怜景も地面に膝をつく。

「俺は李菱のやり方は認められない。俺たちは夢を売る。だが夢は途中で覚ましてやらなきゃならない。でもあいつは悪夢だろうが最後まで夢を見させきるんだ。それまでは……お客は幸せだったと思う」

「う、う、……っ」

直秀の目から涙が零《こぼ》れ落ちる。いくつもの雫《しずく》は乾いた地面にすぐに吸い込まれて消えていった。

「お前は店を出ろ、直秀。家へ戻れ……」

「うう……っ」

怜景は直秀の背を撫でた。墓を渡る風の中に、少年の歔欷《きょき》が長く続いた。

終

「で、なんでまだいるんだ、おまえは」

怜景は目の前でにこにこしている直秀を睨んだ。

「僕、怜景さんのようなお客さまの幸せを考える隼夫になりたいんです」

昨日ずっと泣いていたのか、直秀の目の下は真っ赤だったが、瞳は輝いていた。

「おまえの家はちゃんとした煙管屋だろ！　戻って家を継げ！」

「母さまを追い出した父の店なんか継ぎたくありません」

直秀はそっけなく応えた。

「――おまえな。隼夫なんてまともに扱われる商売じゃないんだぞ」

「でも、人を幸せにする仕事ですよね」

直秀はめげない。怜景の手を握り、期待を込めて見上げてくる。

「僕は母さまの分まで、お客さまを幸せにしたいんです」

直秀と猛伊は二人とも見習い隼夫として励んでいる。見習いの肩書きがとれるのも間近だろう。

「怜景、あの二人しっかり面倒見てやれよ」

楼主に肩を叩かれ怜景はぼやいた。

「俺、子供は苦手なんですよ」

苦り切った顔をする怜景を見て、蒼薇がにやにやしている。

「そうか？　怜景はなかなかいい手本になっていると思うが」

怜景は知ったふうに言う蒼薇を睨みつけた。

「おまえ、龍のくせに人間のことがわかるのかよ」

「人間《ひと》はともかく、怜景のことはわかるさ」

蒼薇はそう言って楼主を真似て怜景の肩を叩く。相変わらず憑いている黒いもやが慌てて逃げ出す。

怜景は肩を押さえ、首を回すと両手をあげて伸びをする。

「仕方ねえな。期待されると応える性分《たち》なんだ」

怜景は笑って少年たちの方へ歩き出した。

第三話　龍と亡国の皇子

序

目の前が真っ赤だった。
燃える炎のせいなのか、討たれた両親の血のせいなのかわからない。
その朱に染まった視界の中で、血まみれの手がうごめいている。
(仇《かたき》ヲ――)
(恨ミヲハラセ――)
(裏切リ者ヲ許スナ――)
(殺セ　殺セ　殺セ――)
「怜景！　怜景！」

（オ前ノ名ハナンダ――）

（オ前ノ名ヲ忘レルナ――）

（オ前ハ　オ前ハ　オ前ハ――）


「怜景！」

「違う、俺は……っ！」


目の前に蒼薇の白い顔があった。夜明けに淡い光を放つ月のようだ。

「ソ、ウ、ビ」

「そうだ、吾だ。大丈夫か怜景」

板窓の隙間から朝日が差し込んでいる。逆光を受けて蒼薇の銀色の髪が白い月の貌《かお》を包んで光輪《フレア》のように輝いていた。

「……っはあ」

一瞬浮き上がった体を寝台に戻し、怜景は大きく息を吐いた。

「ずっとうなされていたぞ、呼んでもゆすっても起きなかった。いつもの黒いやつが今日はなぜかしぶとくおまえにしがみついていてなかなか祓えなかったし」

いつもの黒いやつ。俺にすがりついている恨みと呪い。

「もう大丈夫だ。――夢を見ていたんだ」

「いやな夢だな？」

「さすがの龍でも夢の内容まではわからないか」

「いや……」

蒼薇は紫色の瞳を怜景に近づけた。

「見ようと思えば見ることはできる。だが、夢は人の心の一部だ。人の心に勝手に触れてはいけないと言われた」

「そうか」

怜景は起き上がると部屋に置かれている棚から水差しと長杯《コップ》をとった。水を注ごうとしたが手が震えてこぼれてしまう。

「貸せ、怜景」

蒼薇が水差しと長杯を取り上げる。

「座っていろ」

怜景は大人しく寝台に戻った。蒼薇が注いでくれた長杯を持とうとしたがまだ手の震えが収まらないので両手で抱えた。

「……ありがとう」

冷たい水がのどを通り過ぎ、胃の腑《ふ》に落ちて、ようやく落ち着くことができた。冷たい……？

「蒼薇、この水……」

「ああ、ちょっと冷やした。その方がいいかと思って」

「龍はすごいな。なんでもできるんだ」

怜景は唇を歪めた。

「なんでもというわけではないぞ。吾は水の気を持っているから水に関しては多少融通が利くというだけだ」

蒼薇が水差しをかかげると、こぽこぽと音がして水があふれてきた。

「吾の仲間の火龍は火を操る。土龍は土を豊かにする。金龍は天候を操り、木龍は木々に命を与える。みなそれぞれの特技がある」

「そんなに龍がいるのか？」

そういえば聞いたことがある。おとぎ話だったろうか？　天には常に七体の龍がいると。火、水、土、金、木、光、闇……。

「いた、な。今もいるかもしれんが、吾が石にされる前もそんなにはいなかった。龍は滅び逝く存在なのだろう」

「それは……そんなのは悲しくはないのか」

「天命ならば仕方ない」

蒼薇は水差しを棚に戻すくらい簡単に応えた。

「仕方ないってそんな……っ！」

思わず立ち上がろうとした怜景の肩を蒼薇がそっと押さえる。

「大丈夫だ。吾だってまだまだ知りたいこと、したいことはたくさんある。今天命が吾の命を奪いにきたとしても抗《あらが》うさ」

それを聞いて怜景の怒《いか》った肩がゆっくりとさがる。

「そうだよな。誰だって理不尽な運命には抗いたくなるよな」

「おぬしの悪夢の原因はそれか？　理不尽な運命」

はっと怜景は顔をあげた。前に立つ蒼薇の紫色の目がいつもよりくっきりと見える。

「おまえの……その龍の力があれば俺の望みだってすぐに叶《かな》うのだろうな」

「おぬしの望み？　なんだ？　言ってみろ。吾でできることなら」

怜景は首を振った。

「おまえをまた石にするわけにはいかないよ」

蒼薇はちょっと身じろいだ。窺《うかが》うように首をかしげて怜景の顔を見る。

「それは……人の命に関わることなのか？」

「そうだ」

両肩がずっしりと重くなる。蒼薇に一度散らされた霊たちが、再び戻ってきたのだろう。

「俺は――俺とこいつらは――人の命を奪い、この華国を滅ぼしたいと思っているんだ」

一

怜景がもう一度目を覚ましたときには、日はもう高く昇っていた。

蒼薇が開けたままにしていった窓から、いっぱいの陽光が入ってくる。その光と一緒に楽しげな子供たちの声も聞こえてきた。

怜景は寝台から立ち上がると窓辺に寄った。通りに面した窓の下に子供たちがいるのが見えた。蒼薇も一緒にいる。

蒼薇は手の上で紙人形をふわふわと動かして子供たちを驚かせていた。

「あ、れいけいだ！」

幼い男の子が顔を上に向けて叫んだ。

「れーけー！」

手を振り返すと他の子たちも手を振ってくれた。

伽蘭街で生まれた子供はほとんど父親がわからない。女たちは妊娠がわかるとすぐに堕胎を行うが、ときには間に合わないこともあるし、望んで生むものもいる。生まれた子供たちは治育院《ちいくいん》という場所で育てられる。そこへ預けられた子供たちには、実の母親でも我が子に声をかけることはできない。

治育院は、伽蘭街ができてすぐに大楼閣・華炎楼《ファイエン》の楼主の私財で作られ、その後はすべての妓楼からのなかば強制的な寄付で運営されている。その寄付集めは伽蘭街の侠極たちの役目だ。治育院の子供は伽蘭街の子供。母親たちはどの子も公平にかわいがることが義務づけられている。

伽蘭街の外から通っている女は自分で育てるものもいる。それが無理ならやはり治育院だ。ある程度育ってから「もう育てられない」と治育院に連れてくるものもいる。養育代としてかなりの金額を要求されるので、治育院から自分の子供を引き取るには、後ろ盾のない妓女には難しかった。

怜景は部屋を出るといつものように中庭に降りて顔を洗った。そのあと通りに出てみる。

「怜景、おはよう」

年長の子供、技廉《ザーリエン》が声をかけてきた。

「おはよう」「おはよう」「おはよう」

鳥のさえずりのように子供たちがまねをする。

「怜景、今日、また文字を教えてくれる？」

「おはなしを聞かせてよう」

治育院の子供たちは食事と寝る場所を与えられているだけで、基本教育を受けていない。暇な大人たちがときどき気まぐれに文字や数を教えるが、それでもけっこう覚えるものだ。

「怜景、子供たちに文字を教えているのか」

蒼薇が感心したように言った。

「時々さ。簡単なものばかり」

怜景が楼閣の壁によりかかって座ると子供たちが周りを取り囲んだ。

「ええっと、じゃあ今日は桃の兄妹の話をしようか」

「やった！　新しいお話だ！」

子供たちが喜ぶ。蒼薇も一緒に座り込んだ。

「昔昔……神さまの家のお庭に一本の桃の木が生えていました……」

お話をして、その話に出てきた文字を教えているうちに伽蘭街の壁の上に灯りが灯り始めた。途中で蒼薇が怜景と子供たちに包子を買ってきてくれたので腹はすいていないが、話しすぎてのどが痛い。

「今日聞いた桃の話、面白かったな」

蒼薇が部屋で怜景にお茶をいれてくれた。

「なにか書物で読んだのか？」

「いや、誰かに聞いたんだと思う」

「へえ。誰に？」

「さあ、誰だったか……いつ聞いたのかも忘れたな。ただ話の筋は覚えていたんで、細かいところは作りながら話した」

「それはすごい。怜景は話を作る才があるのだな」

「俺は嘘つきだからな」

怜景は昼と同じように、窓のそばによって街を見下ろした。陽《ひ》が落ちてからは子供たちの姿はなく、快楽を求める大人たちだけが通りを過ぎてゆく。

「ここで生まれた子供たちは結局ここでしか生きられない。外で生きる知識も知恵もないんだ。そしてまた子供を産んで死んでゆく。まるでここは蟻《あり》の巣だ」

「そんなことはないだろう。人間には考える力がある」

「そうかな。お前は人間に期待しすぎる」

怜景は冷たく笑って窓の板戸を閉めた。

数日経《た》った頃だ。怜景と蒼薇は仕事の前に食事をしようと、楼を出て飲食店の並ぶ通りに出かけた。

そのとき男たちのわめき声が彼らの足を止めさせた。

「なんだ？」

「怜景。あそこで喧嘩をしている」

輪になっている人々の背後から覗いてみると、喧嘩というよりは一人の男を数人がよってたかって足蹴にしている。

「おい、よせよ」

怜景はするりと輪を通り抜け、暴力を振るっている男たちの前に立った。

「なんだ、てめえは！」

男の一人が凄《すご》む。相手を恫喝《どうかつ》しなれている様子から、俠極かその下の小俠《チンピラ》だと思われた。

「俺は紫燕楼の怜景だよ。名前くらいは知ってるだろ」

「怜景？　紫燕楼!?」

「あの黒丸の工房をぶっこわしたっていう……」

呪具騒動は広く伽蘭街に知られていた。その解決に紫燕楼の隼夫が関わっていることとも認知されているらしい。

「それ以上やると……うちの祓霊師がだまっちゃいねえぞ」

取り囲む人たちの間から蒼薇が進み出た。芥溜《はきだ》めに舞い降りた白鷺《しらさぎ》のように美しい。

「っち……！」

小俠たちは倒れている男から離れると、肩を怒らせて去って行った。

「怜景。毎回吾を当てにするのはやめてくれ」

蒼薇が呆れたように言う。怜景は笑いながらしゃがみこみ、倒れた男に手をかけた。

「はは。まあお前がいなきゃ喧嘩に口出しなんかしねえさ」

「そういうのはなにかずるいと思う」

「饅頭おごる」

「いくらでも力を貸そう」

蒼薇も膝をつき、男を抱き起こした。

「大丈夫か？」

「うう……」

意識がはっきりしないようだ。怜景は男の脇の下に手をいれ、肩に担いだ。

「ちょっとそこの茶屋で休もう」

茶屋に入って長椅子に寝かすと、男の状態を診た。顔がひどく腫れていたが、蹴られた腹の方が具合が悪そうだった。

「なんとかできるか？　腹の中が破けていたら命に関わる」

「ふむ。やってみよう」

蒼薇は手のひらを男の腹に当てた。

「血は溢れていないようだな。痛みをとろう」

しばらくそうしていると、痛みが引いたようで男は大きな息をついた。

怜景は店の人間に水をもらい、手に持たせてやった。

「大丈夫か？　あんた街の人間じゃないな」

「あ、ああ。助かりました」

男はごくりと水を飲み、かるくむせた。

「わ、私の鷹目《メガネ》は……」

「これか？」

蒼薇が丸い瑠璃《ガラス》の入った補助具を差し出した。片方はヒビが入ってしまっていたが、男は急いでそれを鼻の上に乗せた。

鷹目をかけると男の細い目が大きく開く。

「ありがとうございます。私は田恭《ディエンゴン》といいます。伽蘭街の外、西域区《シーチオン》で教師をしています」

「へえ、先生なのか」

怜景は饅頭と揚げ物、それからお茶を頼み、田恭にも皿を勧めた。田恭は年の頃は四〇の半ばだろう。鼻と顎の下に細く長いひげを垂らし、顔を腫れあがらせていたがどことなく品があった。

「その先生がなんで小侠どもに殴る蹴るなんて真似されてたんだよ。金を持たずに妓楼にあがったのか?」

「私は……この街に学《まな》び舎《や》を作りたいと思っているのです」

意外な言葉を聞いて怜景は驚いた。

「学び舎?」

「はい。この街で暮らす子供は文字も教えてもらっていないと聞きました。そんな彼らのために基本となる文字、そして数を扱う学問を教えたいのです」

怜景と蒼薇は顔を見合わせた。つい先日、この街の子供たちの話をした覚えがある。この街で生まれ、この街しか知らず、この街で生きていく子供たちのことを。

「昼間なら妓女や妓夫の皆さんも食事のために妓楼を出てくると聞いて、西城区での授業が終わった後、あの通りで訴えていたのですが……」

「ああ、そりゃあなあ」

怜景は同情のまなざしで呟いた。

「小侠たちに目をつけられるわ」

「なぜでしょう？」

「女たちはともかく、この街の男たちは子供らにあまり知恵をつけさせたくないんだ」

「なぜだ？」

聞いたのは田恭ではなく蒼薇だ。怜景は小さくため息をつくと蒼薇に視線を向けた。

「そりゃあ考えてもみろよ。知恵をつけたらやつらこの街から出て行ってしまうからな。ここで生まれた子供は妓女か妓夫か馬夫か鼠女……あとは侠極に小侠と将来が決まっている。妓楼の楼主たちにしたって元手をかけずに働き手を得ることができるんだ。逃したくはないさ」

「その将来がその子にとって幸せでしょうか？」

今度は田恭が口を出した。そういう口調ではないのになぜか責められたような気がして怜景の癇《かん》に障る。

「ある意味働き口が決まっているのは幸せかもしれないぜ？」

「子供は未来そのものです。今のままでは子供たちの世界は閉じてしまっている。世界の広さに気づくためにも学問は必要です」

「お題目は立派だがな、広さに気づいても外へ出られなきゃ残酷なだけじゃないか」

怜景は挑発するように言った。だが教師の穏やかな口調は変わらない。

「希望が外への架け橋となります」

「それはきれいごとだ。ここでは橋なんてかけられない」

「学問は橋の土台となります」

ああ言えばこう言う。教師は怜景の言葉の前に一歩も引かなかった。

「ただ生きるためなら確かに学問は必要ないでしょう。でも、よりよく生きるためには必要なのです」

怜景は黙った。田恭の言っていることはわかる。まったく正論だ。だが、それは怜景が外から来た人間で、ある程度の教育を受けているからだ。

「あんたの言っていることは立派だし、当たり前のことだ。だけどここで生まれ育った人間たちには、感情的に受け入れられないものがあるだろう。あんたはどうするつもりなんだ」

「そうですね……」

田恭は鼻の下の髭をしごき、ついで顎の下の鬚《ひげ》も引っ張った。

「とりあえずはさっきのように通りで訴え続けます。実は女性の方々にはけっこう話を聞いてもらえるのですよ」

「また殴られるぜ」

「はい。男性の方々は無視するか嗤うか、ああやって怒ってくるかなのです」

蒼薇がまた「なぜだ？」という顔をして怜景を見るので、教えてやった。

「男は子供のことなんか考えてないからさ」

「自分の子供でもか？」

「外で家庭を持っているやつはともかく、この街の男たちは、女が産んだ子供は誰の子かわからないって思ってるさ。腹に子供を抱える女と違って、男はタネをばらまくだけだからな」

言いながら自分でも男というものはしょうがねえなと思ってしまう。

「ともかく街で説教するのは止めといた方がいい。殺されるぞ」

「しかし、話さなければ知ってもらえません」

田恭は強情に言う。

「怜景」

蒼薇が怜景の肩を叩いた。

「吾がこの男を守ろう」

「はあ？」

「昼間に話をするなら吾が一緒にいる。暴力を振るおうとするものがいれば止める」

怜景だけでなく、田恭も驚いて蒼薇を見る。

「おい、蒼薇――」

「いえ、そんなご迷惑は」

二人は同時に蒼薇に向かって言った。

「迷惑じゃない。吾がやりたいのだ」

蒼薇は田恭の顔を見て微笑んだ。その美麗な笑みにしなびた胡瓜《きゅうり》のようだった田恭の頰が赤くなる。

「子供は大切だ。犀の国でも子供は国の宝と言って熱心に学ばせていた。この人間がやろうとしていることは、おそらくこの街を変えることとなのだろう。吾はそれに興味がある」

「おまえ……」

「この前子供たちがおぬしに文字を教えてくれと言っていただろう？　子供たちは学びたいのだ」

怜景は蒼薇の顔を見つめた。たしかに彼がそばにいれば田恭の身に危険はない。

「饅頭はあてにできないぜ」

「うむ、我慢する」

怜景は肩をさげて力なく笑う。

「好きにしろよ。俺は協力はしないが応援してやる。でも壁の灯が灯ったら楼に戻れ。それは約束だ」

「ありがとう、怜景」

蒼薇が力強く手を握る。そういえば今まで彼が自分からやりたいと言ってきたことはなかったな、と怜景は思った。

二

その日から蒼薇は田恭と一緒に伽藍街の通りに立ち始めた。田恭にも街の外で教師としての仕事があるため、夕方近くの短い時間だったが、毎日かかさず通ってくる。

田恭は学校や学問の必要性を説いたが、まず足を止めてくれる人がいない。どうすれば人々の興味をひけるのか、と蒼薇に聞かれたので、怜景は応援するって言ったしな、と言い訳しながら「おまえが客引きしろ」と提案した。

怜景は蒼薇に胡琴《こきん》を渡した。地面に立てて弓を使って弾く楽器だ。使い方を教えると蒼薇はたちまちものにして、それを通りで弾き出した。

するとその音色に惹《ひ》かれて人々が集まってきた。

田恭は集まった人々に話をした。怜景が提案したとおり話は短く、簡潔にした。

話が終わればまた蒼薇が胡琴を弾く。

ときおり俠極や小俠が説教の妨害をしようとやってきたが、そんな時は、蒼薇がまるで舞を舞うように彼らの間をすり抜けて眠らせてしまうので、これもまた見世物として受けた。

「今日は三〇人以上が話を聞いてくれたぞ」

蒼薇は毎回楽しそうに怜景に報告し、その数は日に日に増えてゆく。

「話を聞いただけだろ。ちゃんと腑に落ちているかどうかが問題だ」

怜景はそっけなく応える。

「いいのだ。まずは学校を作る意志があるということを知ってもらうのだ」

「おまえ、それ田恭の受け売りだろ」

蒼薇が昼間に通りに立つようになって一〇日ほどした頃、紫燕楼に特別な客がやってくることになった。

「お城の政務官殿の奥さまだ」

楼主の臥秦は緊張した顔で隼夫たちに告げた。

「決して粗相をしないようにな」

「政務官殿はたくさんいらっしゃいますが、どの方でしょう？」

「ああ。なんでも司法の政務官殿らしい。奥さまのお名は範月峯《ファンユエフォン》さまだ。お前たち、下手なことをするとすぐに牢へ放り込まれるぞ」

臥秦の冗談に隼夫たちはへらへらと笑う。だが一人だけ笑っていないものがいた。

怜景だ。

彼は隼夫たちが捌《は》けたあと臥秦に摑みかかり、その体を壁に押しつけた。

「楼主、頼む。そのお客さまに、範月峯さまに俺をつけてくれ！」

「お、おう、怜景。俺もそうしたいのは山々なんだがな」

怜景の勢いに臥秦は目を白黒させながら言った。

「奥さまがご所望なのは蒼薇なんだ。蒼薇に祓霊師として相談に乗って欲しいらしいんだ」

「蒼薇に？」

夕刻、壁の上を灯子たちが駆け回ってランタンに火を入れるころ、いつものように刻限を守って蒼薇が帰ってきた。

「蒼薇、頼みがある」

怜景は蒼薇の着替えを手伝いながら言った。

「おお、怜景。何か今日は特別なお客さまがいらっしゃるようだな」

「そうだ。城の政務官の奥さまだ」

「それはなんだ？　王みたいなものか？」

「王の下で政《まつりごと》を司《つかさど》る一〇人の長がいる。政務官はその長の補佐をする役人だ」

「ふむ？」

理解したのかどうかはわからないが、蒼薇はうなずいた。

「その奥さまがなにかお悩みを抱えていらっしゃる。お前のお祓いと言葉が欲しいのだ」

「うむ。いつものように見て、霊が憑いているなら祓い、憑いていなければ話をじっくり聞いて大丈夫だと手を握るのだろう？」

「そうだ。それで今日は特別に頼みたいことがある」

怜景はぱんっと両手を顔の前であわせた。

「そのお客さまに俺を紹介して欲しい。お客さまの心が癒やせるのは怜景だと言って指名するようにしてほしいんだ」

「ふむ？」

蒼薇は首を横に倒した。

「珍しいな、おぬしが吾の客に執着するとは」

「政務官の奥さまともなれば上客だ。どうしても顔をつなぎたいんだ、頼む」

常になく真剣な様子の怜景に蒼薇は少し戸惑った顔をしたが、うなずいてくれた。

「わかった。やってみよう」

「感謝する。あともうひとつ頼みがある」

怜景は蒼薇に顔を寄せるとその頼み事を囁いた。


やがて紫燕楼の前に立派な馬車がやってきて、そこから上等な袍に身を包んだ女性が降りてきた。装飾品は控えめだがどれも値の張るもののようだった。

お付きの女官が二人、夫人の長い上着《コート》の裾を持ってついてくる。上着には最近流行の葡萄の蔓柄《アラベスク》が美しく刺繍されていた。

「ようこそおいでくださいました。範夫人」

扉の内側に楼主をはじめとして隼夫たちがずらりと並んで頭を下げる。

「すでに祓霊師の用意はできております。ささ、ずいっと奥へ」

範月峯は店に入ると長い上着を脱ぎ、女官に渡した。

「お前たちはこちらでくつろいでおいで」

月峯の言葉に女官たちの顔がほころぶ。おそらく楽しみにしていたのだろう。使用人にも気を配るいい奥さまのようだ。

月峯は階段を上がった。見習い隼夫の猛伊と直秀が二人で灯りを持ち足下を照らす。

「そなたたちのような子供も働いているのですか」

月峯は二人の幼さに驚いたようだった。

「もう一四になりました、奥さま」

猛伊が緊張した声で答える。

「不当なことはされていませんか？」

「大丈夫です。楼主も先輩もよくしてくれます。僕はお客さまを幸せにする隼夫になりたいのです」

直秀もはきはきと答える。

月峯は少しだけ痛ましげな顔をして二人を見たが、もうなにも言わなかった。

やがて祓霊師の部屋の前に立った。

「こちらです」

「中で祓霊師にお悩みをご相談ください」

見習いたちは頭を下げて後ろ向きのまま廊下を下がって行く。月峯は一人で扉の前に立っていた。

扉を叩こうと手を上げたが、心を決めかねているようにそれを下げてしまう。

「……」

ただ黙って扉を見ていると、それがひとりでに開いた。

「ようこそ。範月峯どの」

部屋の中には床に直《じか》に腰を下ろした祓霊師が待っていた。祓霊師は頭から紗布《さふ》をかぶり、異国風の白く長い上着を着ていた。

「……祓霊師の蒼薇、ですか？」

「そうだ」

祓霊師は礼もせず、尊大な様子で言った。

「あなたの評判を聞きました。呪いや悪霊、そして心の憂さを祓ってくれるとか」

「うむ。そなたを助けるために力を尽くそう」

月峯は祓霊師の前に腰を下ろした。彼の膝の前にある香炉の煙がふわりと体を取り囲む。

「悩みはなんだ？　なにか不安なこと、悲しいこと、苦しいことがあるか？」

「不安……」

月峯は目を伏せた。

「不安、そう不安なのです。なにか薄暗い影がずっとつきまとっているかのような不安……」

祓霊師はうなずくと次々に質問を口にした。

「どんなときに不安になるのだ？」

「夜……寝ようとして寝台に入ると……」

「胸の鼓動が早くなる？」

「ええ……」

「何度も目を覚ます？」

「そう、怖い夢を見て」

「汗をかいて暑くていられない？」

「いえ、それは……ありません」

「急に寒くなることは？　眩暈《めまい》はないか？　何度も廁《かわや》に行くことは？」

まるで医師のような祓霊師の質問を、月峯はいずれも否定した。

「ふむ」

祓霊師は大きくうなずいた。

「最初お聞きしたときは血の巡りの病かと思ったが少し違うようだ。怖い夢を見ると言ったが、どんな夢か教えてもらえるか？」

月峯はためらった。

「悪夢を話すとそれが本当になると聞きましたが」

「逆だ。悪夢は話してしまうことで消える」

力強い祓霊師の言葉に、月峯は少し考えているようだったが、やがて決意したか、あごを引いた。

「炎です。炎の中に大勢の人がいて助けを求めています。そして子供が火の中でわたくしを見ているのです」

「それが怖い……？」

「はい。怖くて怖くてたまりません」

月峯は目の前にその景色を見ているかのように、目を閉じた。

「炎の中の人々は——子供はそなたの知っているものか？」

「……」

はっと月峯は目を開けたが、すぐに唇を噛んでうなだれた。その様子で彼女が肯定していることがわかる。

「そなたの不安はその夢から来ているのだな。不安は……その夢は最近急に見始めたのか？」

「……」

月峯はぱちぱちとまばたきをした。

「いいえ……ずっと前から……。でもここしばらくは本当に毎日……」

「昔からその悪夢に苦しめられていたのに、ここのところ急に不安が大きくなったと？」

「ええ、そう。そうです」

月峯はせっつかれたかのように声を大きくした。

「なにかきっかけがあったのか？」

「……」

しかし月峯はまた黙り込んだ。得体の知れぬ祓霊師にどこまで話していいのか悩んでいるのだろう。

彼女のためらいを見て、蒼薇が顔を覆っていた紗布をあげた。月が雲間から現れるように、白い美貌が月峯の目を射る。月峯ははっと息を呑んで、その美しい顔に見蕩《みと》れた。

「答えよ」

「……わ、わたくしは呪われているのです」

月峯は蒼薇の美しさに圧倒されたか、囁くように言った。

「呪い？」

「ええ。だから悪夢が……」

「そなたは伽蘭街の外の人間だから知らぬと思うが、この街で最近呪具が出回ったことがあった」

「呪具……ですって？」

月峯は恐ろしげに呟いた。

「うむ。しかしそれは侠極が作った偽物で、それに人々が踊らされたのだ。呪いをかけるというのは簡単なことではない。自分の身を犠牲にするようなものだ。だれが自分の命を削ってまでそなたに呪いをかけるというのだ」

「それは……わたくしがいなくなればいいと思っているものです」

「心当たりが？」

月峯の目に涙が浮かぶ。

「夫の愛人です。夫がわたくしにもう情がないのはわかっていました。でも政務官夫人として政務官である夫にとってはまだ利用価値があると思っていました。その役目もあの女はわたくしから奪おうというのです」

握りしめた月峯の拳の上に涙が落ちる。

「わたくしと夫は苦しみも罪も分け合って、助け合ってここまできました。でも夫はわたくしを見るたびに罪の形を思い出すのでしょう。だから外に女を作り逃げているのです。でもわたくしはどうしたらよいでしょう？　呪われ、苦しめられ、悪夢にも追われ、わたくしは逃げ場もないのです」

月峯は堰《せき》を切ったように語り、しまいには床につっぷして号泣した。蒼薇は彼女を泣かせるままにしておいた。今までも悩みを打ち明ける女性は最後には大きく泣く。泣いて泣いて空っぽになったところで蒼薇は彼女たちがすべきことをひとつだけ告げる。あるいは優しく抱きしめる。それが確実に彼女たちの力になっていた。

やがて月峯も泣き止んで、ゆっくりと顔を起こした。化粧も崩れ、現れたのは立派な政務官夫人ではなく、年を重ねた女の顔だった。

「そなたはそなたのやるべきことをした。もうしなくてもよいのではないか？　夫がそなたを捨てる準備をしてるなら、それより前にそなたが夫を捨てることもできるのだよ」

「……夫を……捨てる？」

意味のわからない言葉を聞いたように、月峯は繰り返した。

「そなたはまだ夫に情があるのか？」

「わたくしは――」

「さきほどそなたは苦しみも罪も、と言った。喜びは……ないようだな」

月峯は力なくため息をつく。

「罪をかばい合うだけの情なら、そんなもの、無いほうがいいと思わぬか？」

蒼薇は言葉が政務官夫人の胸の内に染み入るように、ゆっくりと語った。夫人はその言葉の意味を時間をかけて理解し、ようやく声を絞り出した。

「でも、でも……わたくし一人では」

蒼薇は夫人の白い手をとる。政務官夫人として満たされた生活をしてきた美しい手。

「できる。一人だからできることもあるはずだ。なんのしがらみも束縛もない一人だから。二人だと罪を隠そうとするだけで、その罪を償うことができなかった。だからそなたは悪夢にうなされていた。でも一人なら」

「ひとりなら……？」

「やりたいことができる」

蒼薇は力強く言った。

「やりたい、こと」

ぼんやりと繰り返した月峯は、しかし首を振った。

「やりたいことなんて、わたくしには」

「今すぐには思いつかないかもしれぬ。だからそなたは紫燕楼に通うといい。ここには怜景という隼夫がいる。隼夫は悩める女の力になるために存在するのだ。彼と一緒にいれば、なにか思いつくことがあるはずだ」

「れい、けい……」

「うむ。きっと怜景はそなたの望みを叶えてくれるだろう」

蒼薇はそのあと月峯を落ち着かせるための短い呪《まじな》いのような動作をして、彼女を部屋から送り出した。そして背後の緞帳《カーテン》を振り返る。

「これでよかったのか？　怜景」

緞帳の間から怜景が顔を見せた。怜景のもうひとつの頼みごとは、二人の会話をこっそりと聞かせてほしいというものだった。

「ああ、ありがとう。参考になった」

「だが彼女はまだなにか隠しているように思えたが」

「ああ。全部は話してないな。でも俺は知ってる」

怜景の言葉に蒼薇は驚いた顔で目を丸くした。

「そうなのか？」

「あとは――俺の仕事だ」

怜景は冷たく呟いた。その目に殺意にも似た暗い焰《ほむら》が宿っていることに、蒼薇は気づいていたがなにも言わなかった。

三

蒼薇と田恭は相変わらず伽蘭街の通りに立ち、街の人々に子供への教育の大切さを訴えていた。最近は木版印刷機を使って訴えの主旨を紙に刷り、それを配布するということも行っている。

文字が読めない人間のためには、怜景がまた知恵を貸した。絵を使ったのだ。

子供たちが書物を読んでいる絵、そしてお金を稼いでいる絵を並べて描いた。即物的すぎるし、学問はそういうことのために使うわけでは……と田恭は渋い顔をしたが、わかりやすく、言いたいことは伝わっているようだった。

田恭の話が終わり、蒼薇が胡琴を弾き始めた。胡琴には種類が多い。胴が竹でできているもの、木でできているもの、皮を張ってあるもの、大きなもの小さなもので音が変わる。

今日、蒼薇が使っているのは蛇の皮を張った胡琴で、低い女性の声のような心地よい音が鳴る。

譜などは読めないので蒼薇が弾くのは怜景から教わった曲だけだ。

怜景は蒼薇のために何曲か歌って聞かせ、彼はそれを完璧に覚えて弾いた。

人々が蒼薇を取り囲み、その曲に聴き惚《ほ》れていたとき、その人垣の後ろに馬車が止まった。幌《ほろ》をあげ、顔を出したのは政務官夫人の月峯だった。

「まあ……」

月峯は侍女が止めるのも聞かず、馬車を降り、人垣に近づいた。

「あれは祓霊師の……蒼薇さま」

蒼薇の弓が弦を滑り、すすり泣くような音がゆっくりと螺旋を描いて空へ昇って行く。伽蘭街の人々には聞き覚えのない旋律だったが、月峯はその曲を知っていた。

「なぜあの歌をご存じなのかしら……」

曲が終わり人々が手を打つ。もっと奏でてくれという声に、蒼薇は申し訳なさそうに頭を下げながら楽器を片付け始めた。

見ると伽蘭街の壁の上に赤い火が灯ってゆく。もう紫燕楼に帰る時間になっていた。

人々がばらばらと帰ってゆく中、月峯は蒼薇に近づいた。

「蒼薇さま」

声をかけられて初めて蒼薇は月峯の存在に気づいたようだった。

「ああ、月峯どの。いらしたのか」

「はい。見事な演奏でした」

「それはありがとう」

月峯は手を口元にやり、少しためらってから聞いた。

「あの、今弾かれていた曲……どこで習得されたのですか？」

「ああ、今の曲か」

蒼薇はからりと笑う。

「これは友人が歌って聞かせてくれたのだ。吾はこの曲の他は、あと二つくらいしか弾けない」

「ご友人が？」

「うむ。怜景だ」

「怜景……」

「今日もこれから向かうのだろう?」

蒼薇の言葉に月峯は恥ずかしそうにうなずいた。

「はい。蒼薇さまのおっしゃったように、怜景はわたくしの話をよく聞き、いろいろと助言をくれます。とても……よくしてくれます。でも、そうですか、怜景が教えた歌でしたか」

蒼薇が月峯の相談を受け、怜景を紹介したその日から、彼女は何度も紫燕楼にやってきた。そのときは必ず怜景を指名する。

まだ店の一階で酒を飲み食事をし、話をするだけだったが、最初に比べて月峯の顔色も表情も明るくなった。

何度か怜景に上の部屋に誘われたが月峯は断っている。彼とは親子ほども年が離れているし、さすがに政務官夫人として、隼夫といえど他人と寝ることには抵抗があるようだ。

「怜景は吾の恩人で、友人で、いろいろと教えてくれる師でもある。だからそなたの悩みも必ず解決してくれるはずと紹介した。役に立ててなによりだ」

蒼薇は楽器を肩に担ぐと月峯を馬車まで送った。

「蒼薇さまはあそこでなにを？」

「ああ、吾と田恭はこういうことをしている」

蒼薇は月峯に伝片《チラシ》――印刷機で刷った紙を渡した。月峯はそれをさっと読んで少し驚いたように目を大きくした。

「子供たちに教育を……？」

「うむ。伽蘭街の子供たちはただ育てられているだけで文字が読めない子供も多い。そのために彼らが選び取る未来は少ない。田恭はそんな子供たちを救いたいと思っているのだ」

「まあ……」

月峯はもう一度まじまじと伝片を見た。細かく書いてある訴えは真摯で思いやりにあふれている。

「わたくしも昔は幼い子供たちの教育係をしておりましたのよ」

月峯は懐かしそうな顔で呟いた。

「ほう。では月峯どのは先生になれるのだな」

「……」

月峯はその紙から目を離さなかった。その瞳はいきいきと輝き、白い頬に淡く血の気が上った。

「蒼薇。今日月峯さまがお前の演奏を聴きに来たって本当か？」

珍しく蒼薇と一緒の時間に寝台に入れた怜景が言った。今日は夜明けまで過ごす客が入らなかったのだ。

「いや、吾の曲を聴きに来たわけではなく、おそらく偶然通りかかったのだろうがな。おぬしの教えてくれた曲を褒めてくれたぞ」

「今日の月峯さまはどこかおかしかったな」

怜景はどさりと寝台に四肢を投げ出して言った。

「どこか上の空で、でも怯えていたり不安がったりしているわけではなくて。ときどきなにか考え込んでいらしたりしていた」

「そうか」

「あと……」

言って怜景は言葉を止めた。寝台にうつぶせて書物を読んでいた蒼薇は、言葉の続きを待って振り向いた。

「どうした？」

「あ、うん……歌を歌ってほしいと言われた」

「歌？」

うーんと怜景は両腕を伸ばす。それから全身の力を抜いて寝台に沈んだ。

「——お前が街で弾いていた曲だ。俺から教わったと言ったのだろう？　歌詞は曖昧だと言ったのだが旋律だけでいいと言われて……」

「歌ったのか？」

「歌った。そうしたら」

「うむ」

「泣かれた」

「ふむ」

蒼薇は身を起こして寝台の上に座った。

「月峯どのはあの歌がとても気になるようだったな。おぬしはどうしてあの歌を知っていたのだ？」

怜景もくるりと寝返りを打って敷布に頬杖《ほおづえ》を付き、蒼薇を見上げる。

「それが覚えていないんだ。幼い頃教えてもらったはずなのだが、誰に聞いたのかもわからない」

「もしかしたらおぬしの故郷の歌なのかもしれんな」

故郷。その言葉を聞いたとたん、怜景の心臓が跳ね上がった。二〇年前に失った故郷。奪われた故郷。背中にどっと重さがのしかかる。悪霊たちが騒ぎ出した。

蒼薇はそんな怜景を見て、少し驚いたような表情を作った。その顔で問いかける。

「どうした、怜景」

問われても怜景には答えられなかった。急激に抑えられない怒りが頭の中にわき上がってきたのだ。

「なにか怒っているのか？」

蒼薇はわけがわからないという顔をしている。それを見て落ち着こうと思ったが、だめだった。津波に呑まれたように感情が泡立ち始める。

「怜景？」

自分の背後で黒い霊たちがざわめいて調子づく。動揺するといつもこれだ。普段は何度か呼吸を繰り返し、無理矢理感情を抑えつけるのに、今日はできない。

「怜景、背中のやつらが大きくなっている。祓うぞ」

「うう……」

重い。重さなどないはずなのに、背中に岩のようにのしかかってくる。怜景は寝台に顔を押し付け、苦しさに呻《うめ》いた。

うつ伏せていた寝台が泥のように柔らかくなり、体がずぶずぶと沈んでゆく。そこは赤黒い生き物の胎内のようで、周りにたくさんの口が浮いていた。その口はすべて同じ言葉を話している。

（恨ミヲ――）

（復讐ヲ――）

（殺セ　殺セ　殺セ――）

言葉が泡になって怜景の体を覆った。呪いの泡で息もできない。

「しっかりしろ！」

ぱんぱんと背中を叩く蒼薇の手を感じる。やがて最後までしがみついていた霊も祓われ、体が軽くなった。

怜景ははあはあと体中で呼吸をした。

「どうしたんだ。今日はいやに執着が強かったぞ」

「知ってる……やつら、飢えているんだ」

「飢える？」

「目の前に餌がぶら下がっているからな……」

「どういうことだ」

蒼薇は怜景から離れると、戸棚の前にいって水差しから瑠璃杯に水をいれた。冷たくするのを忘れない。

「飲め」

「……」

謝意を呟いて、怜景は杯を持った。喉の奥に叩きつけるように、仰のいて飲む。

「――はあ……」

溶岩のように煮立った感情が冷えてゆく。

「怜景」

「聞くな、蒼薇」

「いや、今日は聞くぞ。聞かねばならん。気づいているのか。おぬしはこのところ毎晩うなされている。悪夢に苦しむおぬしの上で悪霊どもが飛び跳ねているのだ」

蒼薇は寝台に座った怜景のまえにしゃがみ、視線をあわせた。

「知っているさ……」

「おぬしはなにを抱えているんだ」

怜景は右手で自分の肩を押さえた。

「それを話すとまた霊たちが寄ってくる」

「寄ってきたなら祓ってやる。いや、次は吹き飛ばす」

「……」

「おぬしが止めろと言ってもだ」

蒼薇は怜景の肩の上にある手に自分の手を重ねた。

「蒼薇」

「なんだ」

「おまえ前に言っていたな……人間の夢を覗くなと言われたと」

「うむ」

「それを言ったのは、犀の国の王か？」

「そうだ、吾の友だ」

ふ、と怜景は笑った。

「いい友だな」

怜景は唇だけで笑った。目は泣き出しそうに潤んでいる。

「では、悪夢を見ている人間が見てもいいと言えば、見られるのか」

「それは——見ることはできるが」

怜景は瑠璃杯を寝台の横の小棚に載せると、空いた手で蒼薇の服の前を摑んだ。

「じゃあ見てくれ。俺の悪夢を。俺は——俺の口からは語れない」

「……いいのか？」

怜景はうなずいた。蒼薇は怜景の体をそっと寝台へ横たえる。

「暴くぞ、お前の悪夢を」

蒼薇の手がひんやりとまぶたの上を覆う。その冷たい手の中に、怜景の意識は吸い込まれていった。

※

夢の中で、蒼薇は怜景になっていた。怜景の目で夢を見て、怜景の頭でものを考えた。どこかにわずかだけ、蒼薇自身の意志もあった。

(ここは――)

蒼薇＝怜景が立っているのはどこかの建物の中だった。

(ここはどこだ？　いや、俺は……僕は知ってる。ここは僕の住んでいる処《ところ》だ……)

高い天井といくつも立つ柱。柱の間から庭が見えている。歩廊《アーケード》だ。延々と続く庭を右手に見ながら歩く、四季の移り変わりを楽しめる、白い石で作られた歩廊。

進んで行くと建物の中から幼い少女が顔を出した。豊かな黒髪を無造作に背にながし、愛らしく笑っている。背後に教育係の女官が立っている。

「おにいさま」

少女は手を振った。

「ああ香晶《カショウ》」

そうだ、彼女は僕の妹だ。二つ下のかわいい妹。このときはまだ五歳だったはずだ。

ということは僕は七歳になったばかりか。

「おとうさまとおかあさまがまってらっしゃるわ」

五歳の妹は達者にしゃべった。自分がこの年の頃、こんなに話せただろうか？

僕らはこれから大広間へ行く。そこには王と王妃である両親がいる筈だった。

「わかってるよ、行こう」

僕は妹と一緒に歩き出した。ところが女官がついてこない。肩越しに見ると女官は長いたもとで顔を隠していた。泣いているように見えた。たもとの陰で女官の唇がなにか言っているように動いている。

「どうしたの、××……」

名を呼んだはずだったがその名は自分には聞こえなかった。前の方から大勢がわめく声が聞こえてきたからだ。

「おにいさま！」

香晶の悲鳴が聞こえた。はっと振り返るとそこは大広間だった。大勢の人間がいた。

彼らの前に立っているのは父と母だった。

「父上！」

僕は叫んだ。母がこちらを見て「たすけて」と唇だけで言った。声は聞こえなかった。

二人の前に立っている男たちは武装して、ひどく興奮しているようだった。槍《やり》や剣が動くたびにキラキラと光を弾いている。

彼らの先頭に立っている男を僕はよく知っていた。父が一番頼りにしている大臣だ。その男が泣いているような笑っているような顔で父に剣を突きつけている。

父上がなにか叫んだ。それを合図にしたように、大臣が父上に斬りかかった。

大臣が自慢していた大ぶりの剣の刃《やいば》が……父上の首から胸へ……食い込んだ……！

「父上――――！」

吹きあがった父の血で目の前が真っ赤になる。周りで叫んでいる男たちの声がその瞬間聞こえなくなった。その中に、

「怜明《レイメイ》ィィイイイッ」

母の悲鳴。叫んで逃げようとしたその背に、剣が打ち込まれる。

「は、ははうえ」

僕は動くこともできずただ香晶を抱きしめていた。僕の腕の中で妹が悲鳴をあげた。人の声じゃないような、金属的な響きが僕の耳をつんざく。

武器を持つ男たちは動けずにいる僕と香晶のもとへやってきて、腕を摑んでひきずった。そして倒れ伏している両親のそばに突き飛ばした。

「母上……」

僕の視界に倒れている母の顔が入る。母の口から血が流れていた。

ごぼごぼと音をさせて泡の混じった血が吐き出される。その鮮やかな赤い色を僕は不思議な気持ちで見つめた。これは母の命だ。命があふれて失われてゆく。

「怜明……！」

母を揺する僕の腕を摑んだのは父だった。

「怜明……仇を……」

血まみれの手が僕の腕を真っ赤に染める。

「父上⁉」

「この恨みを……裏切りを……許してはならぬ。我が一族の……恨みを」

気がつけば大広間には叔父上や叔母上、僕の年上の従兄弟《いとこ》たち、その家族たちがみな倒れ伏していた。

「おまえたちで最後だ」

大臣が言った。両親の血を吸った剣が大きく振りかぶられる。逃げなきゃいけないのに僕は恐怖で固まっていた。

「これで帛《ハク》の一族はおしまいだ」

刃が落ちてくる。僕は香晶を抱きしめて目を閉じた。だが、悲鳴をあげてのけぞったのは大臣だった。

「怜明さま！　こちらへ！」

広間の奥に矢をつがえている老人が見えた。僕の武術の師匠だ。

僕はその声に弾かれたように立ち上がり、香晶の腕を摑んで走った。香晶が転んでも床をひきずって走った。

師匠は追ってくる兵たちをたった一人で打ち払った。しかし走る先の廊下は火が放たれ、燃え上がっている。

「恐れず走るのです！　怜明さまは帛の皇子、正当な王の前に炎は道を空けるはず！」

師匠の声が背後から聞こえた。僕は香晶の手を引いて炎の中につっこんだ。

熱い！

目が、鼻が、舌が炎にあぶられ息ができない。

服に火がつき、髪が燃えた。

何時間も炎にまかれていたと思ったが一瞬だったようだ。炎の先に師匠の弟子たちがいて、彼らが濡《ぬ》れた布を僕たちにかぶせてくれた。

「逃げましょう！」

「ど、どこへ」

僕は泣きながら叫んだ。

「大臣の手の届かないところへ！」

僕は炎の回廊を振り返った。あの先の広間に父が、母が、親族がいる。

（仇を――）

（恨みを――）

炎の中にうごめく影。あれは父だ、そして母だ。

（帛の血を絶やすな――）

（復讐を――）

（殺せ　殺せ　殺せ――）

一族のものたちが叫んでいる。炎の中で叫んでいる。

「必ず……っ、必ず復讐は果たす！　仇を討つ――！」

僕は叫んだ。涙は零れるさきから炎にあぶられて消えて行く。

復讐を、恨みを。

声は耳の中に焼き付けられた。僕にはもう穏やかな静けさは戻らない。その声がいつでも囁くのだから……。

※

寝台に横たわる怜景の閉じた目から涙が流れた。涙はまっすぐに頬を伝い、耳に落ちた。

蒼薇はじっとその顔を見守った。

「……」

やがて怜景は目を開けた。しばらくぼんやりしていたが、蒼薇を見つけてまたまぶたを落とす。

「俺の悪夢を……見たか？」

「うむ」

怜景は腕をあげて目を隠した。涙を服の袖に吸わせている。

「これが俺の後ろにいる影たちの正体だ。俺はやつらの思いを背負い、生きてきた」

「お前は……皇子だったのだな」

「帛の国はもうない。大臣の裏切りにより王と王妃は死に、同時に入ってきた華国の兵により国は落ちた。今はただ小帛領《シャオフォ》という華国の辺境領だ」

亡国の皇子は冷たい怒りをもって吐き捨てた。

「師匠に連れられ、俺と妹は山の中に逃げた。そこで一年過ごし、やがて師匠やその弟子たちの故郷に匿《かくま》われた。そのときにはもう俺の背にはこいつらが憑いていたんだ」

怜景の背に再び悪霊たちが取り憑いている。彼らは伸び、縮み、怜景の体にまとわりつく。

「当時の帛国は日照りや地震のせいで国としての力が衰えていた。そこに華国は目をつけた。大臣は華国からそれ相応の地位を用意され王を裏切ったんだ。大人になってからは王である父が荒れた国を顧みず、軍備に力を入れ民に圧政を強いていたことを知った」

怜景は伸び上がる影に向け、自嘲の笑みを投げた。

「子供だった俺は美しい内庭で育てられ、そんな自国の困窮も知らなかった。好きではないという理由で俺が床に投げた包子を、一かけらも口にせずに働く民がいたというのにな」

抱えた膝に怜景は顔を埋める。

「大臣はそんな暴虐の王から民を解放した英雄ということになっていたが、父とともに甘い汁を吸っていたと師匠は言っていた。だがなににせよ、民は華国の支配となって、前よりは楽に暮らせるようになっただろう」

「怜景には妹がいるのだな」

「そうだ。香晶……。師匠の田舎で素性を隠して育てられた。姫であったことを彼女はもう忘れている。あまりにも幼かったし、こんな重荷を背負わせるのはかわいそうだからな」

怜景は肩を押さえた。黒い影たちは訴えるようにのたうちまわる。

「師匠は俺にも忘れろと言った。復讐など考えなくていいと新しい名前もくれた。だけどこいつらが許しちゃくれない」

いまや悪霊たちは荒れ狂い、壁と言わず天井と言わず身をぶつけている。蒼薇はそれを苦々しげに見た。

「妹はいまどうしているのだ？」

「俺が王都である華京府に来て三年くらいしてからかな、嫁に行ったと連絡がきた。相手は土地の農夫だそうだ」

「幸せなのか？」

「そうだな、きっと幸せだ」

「おぬしも――」

蒼薇は怜景の肩に触れ、軽く払う。悪霊たちはすぐに弾き飛ばされてしまうが、隅のほうで様子を窺うようにわだかまっていた。

「過去を忘れ幸せに生きてみれば」

「忘れられるものか！」

怜景は叫んだ。

「目の前で父が、母が殺されたんだぞ！　母の声を、父の血の匂いを誰が忘れられるものか。復讐しろと、仇を討てという声がずっと耳に残っているのに――！」

蒼薇は怜景の肩から手を放した。

「おぬしの夢の中で……知った顔を見た」

怜景はその言葉に顔をあげた。

「おぬしと妹の教育係の女官、若かったがあの顔――」

「そうだ」

怜景は昏《くら》く笑う。

「あれは大臣の妻だ。大臣は父を裏切り、華国の政務官の地位を得た。大臣の名は範《ハン》常照《ジョウシヨウ》。その妻は範月峯《ハンゲツポウ》」

「ハン、ゲッポウ……」

「あれから二〇年、顔は忘れたが名前は何度も胸に刻んで忘れぬようにした。華国に入ってファン・ユエフォンと呼び名を変えたようだが同じ名だ」

怜景の陰惨な笑みが深くなった。

「俺が華京府に来て伽蘭街に身を堕《お》としたのは、城の政務官の夫人たちが隼夫を買いに来ると聞いたからだ。だれでもよかった、政務官の夫人に取り入り城に近づけるなら。そうしていつか範に忍び寄りその首を獲《と》る。裏切り者の首を。だがまさか目当ての範の妻が手に入るとはな」

　怜景は顔にさがった前髪を両手で摑み、強く引いた。ぴりぴりとした頭部の痛みの方が、胸の痛みよりましだった。

「俺は月峯に甘く耳触りのいい言葉を並べ、彼女の不安を癒やしてやる。彼女の不安はまさに俺たちのことだというのにな。彼女は俺たちの復讐を恐れているんだ」

「怜景、月峯どのをどうする気だ」

　むしろ淡々と言葉を紡ぐ怜景に不安になったのか、蒼薇が怜景の肩を揺すった。

「今はまだどうともしない。もっと俺を信頼させ、そのうちに屋敷に入り込む」

「怜景！」

「そして二人を並べて首を獲《と》る。最近背中のやつらが騒がしいのはそのためさ。獲物が俺の手の中にいることを喜んでいるんだ」

　うずくまっていた黒い影がゴウゴウと風のような音をたて、再び部屋の中を飛び回り始めた。その影のせいで蒼薇は怜景の顔も見えなかった。

四

「蒼薇さま」

伽蘭街の子供たちのために学び舎を、と訴える田恭と蒼薇の前に範月峯が立った。今日は豪華な上着を着ておらず、地味な市井の女のような格好をしている。日よけのつばのある柔らかな帽子だけが上流の階級であることを示している。

「やあ、月峯どの」

蒼薇は月峯の背後に馬車を探した。彼女はいつも馬車と供つきで蒼薇の演奏を聴きに来ていたのだがその姿がない。それに紫燕楼に遊びにいくにしてはまだ日が高い。

「わたくし、今日は歩いてまいりましたの」

月峯は得意げに言い、そのあとすぐに恥ずかしそうに笑った。

「歩いて？　政務官夫人が？」

「はい。街の入り口までは馬車を使いましたが、そのあとは一人で。街を歩いてわかりましたわ、この街には本当に子供が多い」

「うむ」

「わたくし、蒼薇さまと田恭さまのお力になりたいと思いました。子供たちに教育を受けさせる大切さはよく知っております」

月峯は胸を張って力強い口調で話した。

「政務官夫人たちとお茶をする機会がございまして、そのさい、子供たちへの教育の話をしてみました。みなさん、関心を持ってくださいました」

「本当ですか」

いつのまにか田恭もそばに来ていた。顔を輝かせて月峯の言葉を聞いている。

「田恭さま、蒼薇さま。わたくしにお二人のお手伝いをさせていただけませんか？　わたくしは子供たちの力になりたい、子供たちを幸せにしたいのです」

「それは――」

田恭は顎の下の鬚をせわしくしごいた。嬉しいときの彼のくせだ。

「ありがたい。街の外の方の支援が受けられるとは思ってもおりませんでした」

「伽蘭街の子供も外の子供も、国の子供に違いありません。伽蘭街の子供たちだけが放っておかれるのはおかしいと思います」

田恭はその言葉に思わず、といった感じで月峯の手を両手で握った。

「ありがとう！　ありがとうございます！」

教師の目に涙が浮かんでいる。それを見て月峯も目を潤ませた。

「わたくしこそ……微々たる力ではありますが心を尽くします。田恭さま……」

蒼薇はそんな二人を見つめていた。怜景の夢の中で見た若い月峯は泣いていた。子供たちへの裏切りのためか、夫の暴挙を止められなかった自分のためか。

（怜景、月峯も前へ進もうとしている。おぬしはそれでもまだ炎の回廊で立ち止まったままなのか）

蒼薇は友の暗い表情を思い出し、人間のようにため息をついた。

「月峯が学び舎を作る運動に参加したと言っていた」

怜景は不機嫌な口調で言うと、寝台に横たわっている蒼薇に上着を投げつけた。

「なにをする」

蒼薇は迷惑そうに上着を払いのけた。

「俺の客をたらしこむな」

「吾はなにもしておらぬ。月峯どのが田恭の意志に賛同したのだ」

「俺に嬉しそうに報告してきた。これからあまり楼に来られないとも。おまえが邪魔してるんじゃないのか」

「吾はなにもしておらぬぞ」

蒼薇は繰り返す。月峯は自身でやりたいことを見つけたのだ。

「屋敷に招かれるまでもうじきだったというのに……」

今日、やってきた月峯は驚くほど地味な装いで、隼夫遊びをするようには見えなかった。そのうえ田恭や蒼薇の配っている伝片を束で持ち込み、隼夫たちに渡すように頼むのだ。

「あなたがこの絵を描いたと聞きました。怜景も蒼薇さまや田恭さまの趣旨に賛同しているのですね」

子供たちが本を読んでいる絵。なまじ器用なのでうっかり描いてしまったことを怜景は後悔した。

「わたくしも蒼薇さまや田恭さまのお力になりたいと思いました。伝片配りもお手伝いするつもりです」

「なにも月峯さまがそんなことを……ご寄付だけでも気持ちは伝わりますよ」

「お金だけ出すのではなく、額に汗し、声を嗄《か》らしたいのです。私はずっと以前に、大事にしていた子供に詫《わ》びても許されないようなことをしました。罪を贖《あがな》うつもりではないのですが、できることはなんでもしたいと……」

「自分を苛《いじ》めれば償えると？」

思わず吐き出した言葉に、怜景は口を押さえた。彼女が亡国の皇子だった自分の教育係であったことは覚えている。大事な子供……それが誰なのかわかってしまったから言わずにはいられなかった。

「……」

月峯は小さく息を呑み、怜景を見上げた。彼女の額の生え際が染まりきらず白くなっているのを見て、怜景は過ぎ去った二〇年を思う。

「償えません。償えるとは思っていません。その子たちの代わりに街の子供たちを救済しても、彼らがわたくしを許すとは思えない。わかっています」

月峯は目を伏せた。化粧をほどこしたまぶたが細かく震え、やがて珠《たま》のような涙があふれる。

「それでもわたくしは子供たちの幸せを願いたい。あの子たちが幸せであるように願いたい。自己満足と言われても、子供たちを幸せにしたいのです」

月峯は顔を覆い、声を殺して泣いた。怜景は思わず手を伸ばしかけ、しかし指を握りこんで膝の上に下ろした。

自分たちを裏切った女を、自分たちにしたことを悔やむ女を、なぜ慰めなければならないのだ。

「……月峯さまはご立派です……」

かろうじてそれだけ言葉を振り絞った。本心でないことは自分が一番よく知っていた。


田恭と蒼薇の働きは徐々に実を結びつつあった。月峯を始めとして女たちが彼らに協力してくれるようになったのだ。

伝片の配布、学び舎建立のための資金集め。自分の手で稼いだ金を、僅かずつでも寄付してくれる。

月峯は街の外で政務官夫人たちに働きかけ、なんと、話を王妃の耳に入れることに成功した。華国の王妃は文化や芸術に造詣が深く、教育熱心なことでも知られている。王妃が興味を持ってくれれば政治を動かすことができる。

だが、同時に妨害も増えた。直接的に田恭や女たちに暴力を振るう場合は蒼薇が対処できたが、目が届く範囲は限られている。男に金を奪われた、外出の自由を取りあげられた、という女たちの訴えが田恭のもとに届いた。

男たちは女たちが勝手をすることを許さない。男たちを抑えるものが必要だった。

「一番簡単なのは金だな」

どうすればよい？　と再び蒼薇に相談された怜景はあっさりと答えた。

「伽藍街でもっとも力のあるものに金を貢ぎ、その対価として守ってもらうしかない」

「力のあるものとは？　臥秦か？」

怜景は苦笑して首を横に振った。

「残念ながら妓夫専門の紫燕楼はそこまで大きな妓楼じゃない。やはりでかいのは妓女のいる楼だ」

「と、いうと？」

怜景は窓に寄ると板窓を開けた。向こうに煌々《こうこう》と灯《とも》りを点した大きな妓楼が見える。

他の楼閣より格段に大きなそれは、夜の中に長い首を伸ばした亀のような影《シルエット》を浮き上がらせていた。

「あれだ。伽藍街の大妓楼、華炎楼。昔、治育院を建てた楼だ。楼主は治育院を維持するための金を侠極に集めさせている。現在は二代目の秦炎乗《チンイエンシオン》。こいつが味方につけば、侠極どもも黙り込む」

「ふむ、金か……」

怜景は板窓を閉じると蒼薇を振り向いた。

「そういやおまえ、この街に来たとき古い銭を持っていただろう」

「ああ、怜景に買い取ってもらったな」

それが二人の縁を作ったのだ。

「ああいうの、もっとないのか？　銭とか金属、宝石だな」

「え？　でも役に立たないのだろう？」

「それを役に立つように変えてやる。もしあるのなら持ってこられないか？」

「わかった」

その話をした翌朝、蒼薇は紫燕楼から姿を消した。窓が開いていたからそこから飛び立ったのだろう。

昼過ぎになって、部屋にいた怜景は自分を呼ぶ声に目をさました。窓から下を見ると、蒼薇が大きな袋を担いで手を振っている。

「戻ったぞー！」

蒼薇は袋を抱えて怜景の部屋に運んだ。

「こんなにあったのか？」

人間一人をつっこめるくらいの袋いっぱいになにか詰まっていた。

「うむ。たくさんの銭や金属が埋まった山があったことを思い出したのだ。そこからいただいてきた」

蒼薇はざらざらと袋の中身を空けた。泥や砂にまみれた金属らしきものが床に散らばる。砂埃《すなぼこり》が舞って、怜景はバタバタと目の前で手を振った。

「あまり期待できそうにないな……」

「これなんかどうだ？」

蒼薇は丸い輪っかのようなものをとりあげ、怜景に渡した。泥がこびりついてよくわからない。それを服の袖で擦《こす》ると、きらめく光が目を弾いた。

「え？」

腕輪のようだった。金色で緑の石がはまり、それを二匹の龍が支えている。繊細な彫りが施され美しい。

「こいつは……」

次々と布で拭いてみる。すると部屋の中が華やかな光に包まれるほどの黄金の山が現れた。腕輪に王冠、首飾り、胴当て、足飾り、帯飾り、それに器や武器まで金でできているではないか。

「こ、こんなものが埋まった山って……どこの」

見たことも無い金銀財宝に、怜景の声が震えてかすれる。

「えぇっと、どこだったかな。たしか人間たちが崙《ルウン》と呼んでいる山だったか」

「崙山？　それって……ま、まさか――中《シエン》帝国!?」

それは伝説の大国の名だ。地上の全ての富を集めたと言われる、大陸を統一した国。

しかしあまりの贅沢《ぜいたく》を欲したために神の怒りを買い、地の下に埋められたという。

その地から二度と出てくることがないように、神はさらに山を乗せ、封じた。

それが崙山で、昔から伝説の宝を求めて多くの山師、埋蔵金掘りたちが群がっていると聞いたことがある。

「そうなのか？　昔、地の龍に教えてもらったことがあるのだ。で、どうだ？　役に立つか？」

蒼薇は不安そうに言う。龍には自分がどれほどの財宝を手に入れたのかわからないのだ。

怜景は苦笑し、黄金の冠を取り上げると蒼薇の白銀の頭に乗せた。

「役に立つどころじゃない、これだけあれば学び舎だっていくつも建つぜ！」

「そうか。ではこれで十分だな」

蒼薇は懐から布に包んだものを取り出した。

「こいつは必要なかったか」

「それはなんだ？」

蒼薇はにやりと悪い笑みを浮かべた。前はこんな顔はしなかったのに、怜景といて覚えたらしい。

「これはな……」


伽藍街の中央に建つ大妓楼、華炎楼。他の楼が二階、あるいは三階建てであるのに、この楼だけは六階まであった。敷地も広い。内庭は広大で、池に船まで浮かんでいた。一〇階建ての塔を備え、そのてっぺんからは遠く華京府の灯りが見える。

怜景と蒼薇は華炎楼の楼主、秦炎乗の前にいた。炎乗の部屋は案外狭かったが、置いてある家具は王家が持つような高価なものばかりだった。

「紫燕楼の怜景と蒼薇か。最近よく名前を聞くな」

炎乗は大妓楼の楼主と言えば誰もが想像するような男だった。でっぷりと太り、はちきれんばかりの頬と大きな鼻、片目には水晶から削り出した丸い鷹目がはめこまれている。

一見人の良さそうな顔をしているが、その目は研ぎ澄まされた刃のように鋭い。五〇を過ぎているはずだが、笑顔を作る唇から覗く歯は真っ白できれいだった。若い頃に無茶をして歯を失った炎乗は、すべての歯を真珠で作り直したとも言われている。

「呪具騒動を収めてくれたと聞いておる」

怜景と蒼薇は炎乗の座る卓の前に、神妙な様子で膝をついていた。

「紫燕楼が発端の騒ぎでしたから、紫燕楼が収めたまでのこと」

怜景は床を見ながら落ち着いた声で話した。

「私どもは伽蘭街がよりよく存続するために努力しております」

「よりよく、な。それで最近学び舎を作ろうと動いておるのか？」

先手を打たれた。ここへ来た目的は話していないというのに、さすがに街のことはよく知っている。

怜景は顔をあげ、卓越しに炎乗を見上げた。

「ご存じならば話は早い。そうです、この蒼薇と田恭という男は伽蘭街の子供たちのための学び舎を建てるために働いております。私利私欲のないその姿勢に、最近は女性たちの賛同も得ております。子供たちの幸せのためになにができるのか、私も手伝いたいと思っております」

「子供らは十分幸せだろう。治育院にいれば飢えることも寒さに凍えることもない」

炎乗は感情の窺えない声音で言った。たいして興味がないのかもしれない。

「はい、先代の華炎楼の楼主さまの作られた治育院は素晴らしい施設です。でもそこに教育の場があれば、さらに素晴らしいものになるはずです」

「教育など……賢《さか》しらに知恵をつけてどうするのだ。どのみち子供らはこの街で生きて死ぬしかないのだぞ」

伽蘭街の人間ならみな言うことを炎乗も言った。

「教育は翼です。伽蘭街の壁を越えて外で生きるための翼です。炎乗さまもおわかりかと思いますが、今、伽蘭街は供給過多となっています」

炎乗の顔に落ちるランタンの影が揺れる。それは炎乗の表情が歪んだせいだ。

「仕事のないものも多いはずです。それはこの街で生まれた子供たちがこの街だけで仕事を求めるからです。仕事にあぶれた子供は侠極になるか小侠になって揉め事を起こすしかない。街で凶悪な事件が多くなっていることはご存じかと」

「……」

炎乗は鼻から長い息を吐いた。苦々しげな表情になっている。最近の伽蘭街の治安の悪さは確かに楼主として頭の痛い事案だ。

「治安が悪いのです。治安が悪ければ外の人間の流れは滞る。伽蘭街に金を落とす人間が少なくなる。私は隼夫です。紫燕楼といえどお客さまのご来店が少なくなっているのは実感できます」

「俠極どもに小俠の取り締まりは任せている」

炎乗はうなった。怜景はその言葉が終わる前に続けた。

「そのために炎乗さまが俠極たちに渡す金も多くなっているのでは？」

ランタンの影が半分以上炎乗の顔を隠した。

「私どもはここに炎乗さまの助けになる金品を持ってきております。どうかこれをお収めください」

怜景は背後に隠していた布袋を前に押し出す。

「その見返りに学び舎を建てろとでも？」

「いえ、学び舎はあくまでも伽蘭街の女たちと支援者の力で建てます。炎乗さまにお願いしたいのは、俠極たちに、そして楼閣の男たちに私たちの妨害をさせないでほしいのです。それだけです」

怜景は立ち上がると持ってきていた袋を持ち上げ、炎乗の卓の上に空けた。

卓上の明かりを受けて、金色の光が卓の上に溢れる。さすがの炎乗も目を瞠《みは》った。

「これを……こんなものをどうやって……」

「支援頂いている方から預かりました」

怜景は控えめな調子で言う。

「こんな後ろ盾があるのにわしを頼ると？」

「伽蘭街のことは外の人間に任せるわけにはまいりません。伽蘭街の強者にお願いしたいのです」

「ううむ……」

炎乗は金の王冠を取り上げ、それを灯りにかざした。

「確かに、伽蘭街には子供が多すぎる。その子供たちの仕事を全て賄うには伽蘭街は狭いかもしれぬ」

炎乗は卓の上の黄金に目を向けながら呟いた。

「伽蘭街から巣立った子供たちは、いろいろな形で伽蘭街の役に立つと思いませんか。何と言ってもこの街は故郷なんですから」

怜景は言葉を励まして言った。炎乗は悩んでいるようだった。今の地位で満足しているものは変化を嫌う。教育を受けた子供たちが伽蘭街を変えるのではないかと恐れているのだ。

怜景はそれを見て取り、蒼薇に目配せした。蒼薇はうなずくとすっと立ち上がり、炎乗の卓の前まで進んだ。

「おまえが蒼薇か」

炎乗は間近で見た蒼薇の美貌に驚いたようだった。

「うむ。吾からもおぬしに捧《ささ》げたいものがある」

蒼薇は懐から布包みを取り出した。それを広げると金色の指輪が出てきた。

「この指輪をおぬしに」

「わしに？」

蒼薇は紫色の瞳に指輪の金色を溶け込ませて囁く。

「そう。――指を出して」

蒼薇の声に、催眠術にかかったように炎乗は手を差し出した。蒼薇はその手をとると、薬指に輪を通す。

「う、？」

炎乗の顔の肉がぶるっと震える。鋭い視線が急にぼやけたものになった。

「財宝はおぬしのものだ。その見返りは田恭の行動の邪魔をしないこと」

「田恭の行動の邪魔をしないこと」

炎乗が呆《ほう》けたように繰り返す。

「治育院とともに学び舎も華炎楼の保護下に置く」

「学び舎も華炎楼の保護下に置く」

「約束したぞ」

蒼薇は炎乗の指から手を離した。炎乗の目に力が戻ってゆく。彼は鷹目の中でパチパチと瞬《まばた》きをした。今、自分が言ったことは覚えていないようだった。

「それでは炎乗さま」

怜景は蒼薇の横で頭をさげる。

「よろしくお願いいたします」

「あ、ああ」

炎乗は細い目を瞬かせた。それから卓上の財宝を見つめ、それを両手でかき抱いた。

「あの指輪があれば財宝はいらなかったのではないのか？」

華炎楼からの帰途、蒼薇は怜景に問いかけた。

「取引をしたという証拠がいるんだ。あれだけの黄金を見れば炎乗の部下たちも納得する」

それでも蒼薇の持ってきた財宝の半分くらいだ。

「ふむ。人間は面倒だな」

「とにかくこれで嫌がらせや暴力は減るだろう。だが完全になくなるわけじゃない」

「そうなのか？」

蒼薇は不満そうに唸った。

「人間の感情は複雑だ。いくら伽藍街の実力者の圧力《あつ》があっても、気に入らないって気持ちを抑えることができないものはいる」

「ふむ……わかった。吾の目が届く範囲ならば対処する。しかし怜景」

「なんだ？」

蒼薇は立ち止まり、怜景に向かって頭を下げる。

「いろいろと知恵を出してくれたり、手伝ってくれたりと、――ありがとう」

「おおっと」

怜景は片足でぴょんと飛び上がってしまった。

「そんな改まってなんだよ、尻が痒《かゆ》くなるからやめてくれ」

蒼薇は首をかしげて怜景の尻の辺りを見る。

「む？　ならば吾が掻《か》いてやろうか？」

「わ、ばか、やめろ冗談だ！　こら！　触るな！」

ぎゃあぎゃあとわめきながら二人は紫燕楼に向かった。


田恭は最近街で話をしていても邪魔されなくなった、と蒼薇に話した。今までは野次が飛んだり大声でがなりたてて話を邪魔したりする者や、集まっている聴衆を無理矢理追い散らしたりする者がいたのだ。

「皆さんに私たちの思いが届いたのでしょうか」

「きっとそうでございますよ、田恭さま」

「ますます頑張らねばな、月峯どの」

なにも知らない田恭と月峯が心から嬉しそうに言う。

蒼薇は田恭や月峯には自分たちのしたことを話していなかった。怜景がその方がいいと言ったからなのだが、田恭の顔を見て納得した。自分たちが裏で大楼閣と取引したことを知れば、彼らの笑顔に曇りが生じるかもしれない。

「実は学び舎を建ててもよいという土地が出てきました」

田恭は蒼薇を街の外れにある崩れた妓楼跡に案内した。そこは瓦礫の山だった。黒焦げになった柱を中心に、バラバラに崩れた煉瓦《れんが》が地面を覆っている。

「火事で焼けてしまった妓楼跡なのですが、ここに学び舎を建てることにしました。資金は多くないのでまずは自分たちでこの場所をきれいにします」

「きれいに？」

「はい。瓦礫を取り除き更地にします。そのあと学び舎を建てます。設計や建築はその道のものに頼みますが、自分たちで出来ることは自分たちでやるつもりです」

田恭や月峯、協力者の女たちは、仕事がないときにこの跡地に来て、少しずつ瓦礫を運び出した。焦げた木材や散らばった煉瓦、溶けた硝子《ガラス》、瓦など、女たちは細い腕でひとつずつ持ち上げ、荷車に載せる。

荷車を引いて街の外の京河の河原に捨てに行くのは蒼薇の役目だった。およそ人間の力では動かせないほどの重さでも、軽々と引いてゆく。しかも早い。

毎日毎日、数人の女たちが作業に関わった。政務官夫人の月峯も、膝までの短い袍を着て作業しているところは、街の女のようだった。白くきれいな指が傷だらけになっても彼女は瓦礫を運び続けた。

土地はかなりきれいになったのだが、まだ大きな問題が残っていた。真ん中に、楼閣の中心だった太い柱が残っているのだ。これがびくともしなかった。

女たちは縄を柱に渡し、それを引いて懸命に引き起こすのだが、指の先ほども動かない。その日も全員で引っ張っていた。しかし地面を縫い止めているかのように、柱は動かなかった。

「まったく見ちゃいられねえな！」

そのとき、数人の男たちがやってきた。いずれも髭だらけ、汚れだらけの荒くれ者だ。女たちはまた妨害かと身を寄せ合い首をすくめた。

「ちんたらちんたら、そんな手でひとつずつ運んでたら百年はかからあ！」

「柱だって紐でひっぱるだけで動くかってんだよ！」

「見てるだけでいらいらすんだよ！」

男たちはそう言うと、敷地に入ってきて女たちを追い出した。そして全員で地面に埋まっていた大きな柱を掘り起こす。

「どいてろ！」

男たちはあっという間に滑車のついたやぐらをたて、そこから縄を下ろして柱に結びつける。そして全員で縄を引いた。

「引けぇ！、引け——ぇ！」

男たちが声を揃えて引く。女たちはその姿を呆然と見ていたが、まず月峯が、そして田恭が縄にとりついた。女たちも端を引っ張った。

「引け——！　引け——！　根性を見せてみろ——！」

埋まっていた柱が徐々に動き、上がり始める。男たちの一部は下の方にとりつき、上へ持ち上げだした。

「せぇのぅ——！」

やがて大声と一緒に柱が地面から抜けた。わあっと歓声があがる。しかしまだ作業は終わっていなかった。男たちは柱を横にしてその下に丸太を敷き、ころの要領で動かし出した。

「やった！」

太い柱が敷地から出た。全員が大声で歓声を上げた。

「あ、ありがとう！」

田恭が涙を浮かべて男たちの手をとった。

「ありがとうございます！」

月峯も傷だらけの手をあわせて頭をさげる。男たちは泥だらけの顔に照れくさそうな笑みを浮かべていた。

「……」

蒼薇はその様子を不思議な感動と一緒に見つめていた。空の荷車を引いて戻ってきたところだった。

あの柱については夜中にでも龍の力を使ってバラバラにするつもりだったのだが。

「おまえは目立つ力を使うな」

怜景にそう言われていた。

「なにか大きなことをするなら夜中だ。だが極力人間として振る舞え。作業をみんなで一緒にやることに意義があるんだ」

怜景が言っていたのはこういうことだったのだろうか？　田恭と女たちが細い腕で瓦礫をのけるのを、街の人々は嘲笑をもって眺めていた。からかいの言葉をかけるものもいた。だが彼女たちはあきらめなかった。少しずつ、少しずつ、瓦礫は減っていった。目に見えて減っていった。そして。

「ほら、こういうのはこうしてまとめて――」

「こっちによこせ。おまえらには無理だよ」

男たちが女たちの手から石や瓦礫を奪い、放り投げてゆく。普段から土木作業に関わっている連中なのか、手際がよかった。

「人を動かすのは奇跡じゃない。人なんだよ」

怜景はそう言っていた。女たちの額の汗が、指先の血が、伽蘭街の男たちの心を動かしたのだ。

「おーい、瓦礫はこっちにくれ」

蒼薇は荷車を引いて男たちのもとへ向かった。

「蒼薇さま！」

月峯が飛んできた。たおやかな政務官夫人はいまや日に焼けて真っ黒で、頑強な腕を持つ女に生まれ変わっていた。

「みなさんが、みなさんが――」

「うむ、見ていた。嬉しいな」

「はい！」

月峯の目に涙があふれる。喜びの涙というのは光り輝くのだな、と龍は思った。

五

やがて学び舎の設計も済み、さあ、建設しようとなったときに大事件がおきた。

田恭が自殺を図ったのだ。

紫燕楼に飛び込んできた月峯から話を聞き、蒼薇も怜景も仰天して彼が運び込まれた療安処に駆け付けた。

「田恭！」

寝台に横たわった田恭は息はあったが呼びかけに答えなかった。

「蒼薇、なんとかできないか？」

蒼薇は答えず、青黒く変わった田恭の首に触れていた。

「首を吊ったのか？」

蒼薇の言葉に月峯は激しくうなずいた。

「見つけた時には学び舎の建設予定地で、」

「怜景、人払いを」

そう言われて怜景は詰め掛けている人々を部屋から追い出した。

「蒼薇、いいぞ」

誰もいなくなった部屋で蒼薇は田恭の胸に手を当てた。

「気の巡りが止まってしまっている。このままでは意識は戻らぬ」

「そんな」

「動かしてみるが強引な方法だ。どこかに障害が残るかもしれんが勘弁してもらうぞ」

蒼薇の手の平が白く輝く。その光は田恭の胸を中心に体全体に広がっていった。

やがてその光が田恭の全身を包んだとき、体が一度大きく跳ねた。

「蒼薇!?」

「大丈夫だ、戻った」

その言葉通り、田恭が目を開けていた。視線が怜景や蒼薇を認めると、その目から涙がこぼれる。

「田恭、なにがあったのだ！」

「だ、だまさ、れた」

田恭は顔を歪めて大きな声で泣き始めた。

学び舎を建てる土地を整備して、もうじき大望が叶うというとき、田恭は詐欺にあってしまったのだという。

「ま、学び舎を建ててくれるという店に今までみなさんから預かったお金を渡して、でも何日待っても作業が始まらず、不審に思って店に行きました。そ、その店が」

——もぬけのからだった。

店には誰もおらず、田恭はその意味を理解して絶望の悲鳴をあげた。そしてその足で建設予定地に行き、首に縄をかけ、となりの楼の壁にひっかけた。

幸いだったのは、田恭が首を吊ってすぐに発見されたことだ。

話を聞き終えた蒼薇の銀の髪が、ざわざわと逆立つのを怜景は見た。

「蒼薇、ちょっとこい!」

怜景は蒼薇の腕を引いて、病室の外へ連れ出した。外には月峯や女たちが待っていた。

「田恭さまは!?」

「もう大丈夫だ。意識が戻った。だがあまり無理をさせるな」

「お顔を拝見してもよろしいですか?」

月峯は目を潤ませて両手を組む。怜景がうなずくと、女たちはいっせいに部屋の中へ入った。怜景は蒼薇を隣の部屋に押し込んだ。

「落ち着け、蒼薇」

「落ち着けだと!?」

蒼薇の髪は今はもう床につくまでに伸び、部屋いっぱいに広がろうとしていた。体も膨れ上がっていた。逆鱗に触れていないのに龍体になろうとしている。

「今ここで龍になってもどうしようもない。考えよう」

「なにを考えるというのだ！　田恭の金を奪った人間はどこだ、吾が喰ってやる！」

「人の命を奪っちゃだめなんだろ、石になるぞ」

怜景はポンポンと蒼薇の体を叩いた。少しずつ蒼薇が縮んでゆく。

「誰が田恭をだましたのか、おまえにもそれはわからないんだな？」

問われて蒼薇は悔しそうに顔を歪めた。そんな表情をしても彼の美貌は損なわれない。

「わからぬ。わかるものか、人の悪意など……！」

「奪われた金を追いかけることはできないか？　たとえば匂いとか記憶とかを辿《たど》って」

「金は無理だ。大勢の手を渡ってきたのだから」

「……待てよ」

怜景は思いついて蒼薇を振り返った。

「おまえ、以前呪具騒動のとき、呪具自身に作られた場所まで案内させただろ」

「うむ……」

「田恭は相手と契約を結んだ。その書類で相手の場所を見つけることはできないか？」

「それはできるかもしれないが、書類が作られたのが空っぽの店舗ならそこへ行くだけだぞ」

「とりあえず試してみよう。書類は自分の家で作成したかもしれない」

怜景と蒼薇は部屋を出ると田恭の病室へ入った。田恭から話を聞いたのか、部屋の中は女たちのすすり泣きでいっぱいだった。

「田恭！」

蒼薇が田恭に顔を寄せると、彼は涙に曇った目をあげた。

「おぬしが相手と交わした契約書、どこにある？」

「そ、それは、私の家に。でもあんなものはもう」

「だれか、田恭の家に行き、契約書をもってくるのだ！」

蒼薇は田恭の言葉を遮り、女たちに呼びかけた。

「吾が憎き詐欺師の場所を暴いてやる！」

「わ、わたくしが行きます！　先生のお宅は伺っております！」

月峯が前に進み出る。強い意志に満ちた瞳に怜景はうなずいた。

「頼みます、俺たちは紫燕楼で待っていますから」

「わかりました」

彼女は療安処を飛び出すとすぐさま街の出口を目指した。壁の外に待機している馬車に景気よく金をばらまき、超特急で田恭の自宅へ向かう。行きも帰りも急ぎすぎて、紫燕楼に辿り着いたときには死人のような顔色になっていた。

「休んでください、月峯さま」

怜景は月峯の細い体を店の長椅子に横たえた。月峯は睫毛を震わせ怜景を見上げると、その手で彼の服の袖を摑んだ。

「優しくしないでください。わたくしにはその価値はありません」

「月峯さま、なにを」

「優しくしないで、あなたはわたくしを許さなくていいの」

そう言うと月峯は気を失った。怜景は愕然《がくぜん》とした。今の言葉は月峯が教えていた子供に向けた言葉ではなかったか？　月峯はもしかして自分の正体を知っているのだろうか。

「怜景！」

蒼薇が呼んでいる。怜景は月峯の体の上に薄布をかけてやった。

「どうだ、蒼薇。できそうか？」

「うむ、田恭の気配が濃厚なのでそれを排除して……」

怜景は契約書を両手で包んだ。すると手の中から紙の鳥が現れる。

「さあ行け。おまえの生まれた場所へ」

そう言うと紙の鳥はせわしく翼をはばかたせ、ふわりと浮かび上がった。蒼薇と怜景はそのあとを追った。

「いいぞ、街の外へ行かない」

田恭がだまされた店は壁の外にあった。鳥は壁の中を飛ぶ。つまり書類を作ったものは伽蘭街にいるのだ。

鳥は街の中を力強いはばたきで進む。小さな紙の鳥に通りを歩く人々は驚いて振り向く。その後ろに血相を変えて走ってゆく怜景と蒼薇がいて、あわてて道を譲った。

二人は鳥を見失わないように必死だった。

「この通り……」

見覚えがある。前に見習い隼夫に呪具を買いに行かせた通りだ。

「もしかすると」

やがて鳥はひとつの建物の扉にぶつかって落ちた。その建物の看板を見て、怜景は舌打ちした。

「やはりな」

「怜景、あそこは」

蒼薇が目をむく。

「侠極の黒丸の組だ」

建物の外にいた男が地面に落ちた紙の鳥をつまみ上げ、不思議そうな顔をしている。

「黒丸……またあいつらか」

「因縁ができちまったからな」

怜景は再び舌打ちした。

「呪具工房をぶっ壊したことで、やつら、俺たちに面子《メンツ》を潰されたと思っているんだ。だから俺たちが関わる田恭に嫌がらせをしてやがるんだ」

「い や が ら せ」

蒼薇の声は地を這うように低い。

「嫌がらせで田恭の命を奪おうとしたのか」

またざわつき始める相棒の髪を、怜景が押さえた。

「待て。相手が黒丸だとわかったのだから、金もそこにあるはずだ」

「取り返そう!」

「そうだな、どうやって取り返すか……おいっ! 待て待て待て!」

スタスタと蒼薇が建物に向かってゆく。躊躇なしか、と怜景は急いであとを追った。

「なんだ、てめえ!」

建物の前にいた男が二人、あごを突き出すようにして蒼薇を睨みつける。大柄な男たちの間で蒼薇は風にそよぐ葦《あし》の穂のようだった。

「……」

蒼薇は黙って両手を二人の胸につけた。傍目《はため》にはただ腕を伸ばしただけに見える。だが、その動作で二人の男は左右にふっとんでいた。

「ああ」

怜景は顔を覆う。蒼薇にやめる気はないようだった。そのまま建物の扉を開けて中に入ってしまう。

「蒼薇、待て！」

怜景が入った時にはすでに床に三人倒れ、一人は文字通り蒼薇につるし上げられていた。蒼薇の片腕に襟元を持たれ、空中で足をバタつかせている。

「蒼薇」

怜景が声をかけると蒼薇はつかみ上げていた男を床に叩きつけた。

「龍にならなかったんだな」

怜景はほっとした。こんな昼間にしかも町中で龍に変身してしまったら、もうこの街にはいられなくなる。

「怜景、どうしよう」

蒼薇は困った顔で振り向いた。

「田恭の金のことを聞くのを忘れた」

「だろうな」

倒れている男たちはみな失神している。聞き出すこともできない。

「だから待てって言ったのに」

「すまぬ」

怜景は部屋を見回した。転がった卓の向こうに扉がある。扉に手をかけるとガタリと音がして動かない。

「鍵がかかってる。中に誰かいるようだ。開けてくれ」

怜景が蒼薇に言うと、蒼薇はしばらく扉をガタガタ動かしていたが、面倒になったのか、ひょいと足をあげて蹴り飛ばした。

バキッとすさまじい音がして、扉が隣の部屋へ吹き飛ぶ。

壊れた入り口から入ると、数人の男たちが壁際に立ちすくんでいた。

「黒丸の頭目はいるか」

怜景は声をかけた。そのとたん、「きえええええっ」と悲鳴のような声をあげて、男が一人、大ぶりの剣で打ちかかってきた。

「怜景!」

蒼薇が叫ぶ。怜景はするりと避《よ》けると振り下ろされた腕を受け止め、自分の側に引いてそのみぞおちに膝を蹴り入れた。男が声もなく床に崩れる。

「俺の育ての親は武術の師匠だぜ」

「うおおっ！」

あと二人が奥の一人を守るべく刃物をひらめかせて飛び出した。怜景は突き出された小刀を足で蹴り上げ、蒼薇は指先でひょいと摘まんであっさりと折ってしまう。得物を失くした男たちは青ざめて部屋から逃げ出した。

怜景は残った一人に目を向けた。

「おまえが頭目か？」

「――そうだ」

縮れたこわい髭を鼻から顎にかけて板刷《タワシ》のように生やした男が一歩前に出た。さすがに頭目、度胸が据わっている。

「俺たちが来た理由《わけ》がわかってるか？」

頭目はしぶしぶといった様子で答えた。

「……田恭のことか」

「そうだ。金を返せ。そうしたら見逃してやる」

「見逃すだと！」

蒼薇が大声をあげて怜景の肩を摑んだ。指が食い込み、痛いくらいだ。

「こいつらが田恭にしたことを見逃すのか⁉」

「おまえな」

怜景は蒼薇の指を一本ずつはがす。

「自分がなにをしたのかわかってるのか？」

怜景は扉の向こうの隣の部屋を指さした。蒼薇は倒れている男たちをちらっと見て、

「……向こうが先に手を出したんだ」

「やりすぎだと言ってる。これ以上は遺恨を残す。ここが落とし所だ――そうだろ、黒丸さん」

最後は黒丸の頭目に向けて言った。頭目は視線をそらせた。

「金は返してくれるな？」

頭目がかすかにあごを引くと、まだ残っていた男が急いで布袋を差し出した。俠極たちにはたいした金額ではないかもしれない。だが女たちが精一杯出し合った金は全部小銭なので、袋は大きかった。

「こいつはただの金じゃないんだ。この街の母親たちの、これから母親になる女たちの、血と汗と涙の結晶なんだよ。あんただって頭目になるくらいならすこしは学があるんだろ。学ばせてくれたのは誰だ？　親だろう」

頭目は白目で怜景を睨む。

「あと、これだけじゃ俺の後ろのやつの気がすまないようだから、ひとつ頼み事がある……」


黒丸のところから紫燕楼へ戻ると、月峯が起きていて迎えてくれた。怜景が金の袋を見せると安堵《あんど》のあまりへたりこんでしまう。

「これを田恭に返してやってくれ。あと学び舎を建設する木匠《だいく》たちにはもう話をつけてある。田恭の具合がよくなったら、彼からこの金を木匠に渡すようにと」

もちろん話をつけたのは黒丸だ。

「怜景……さま」

「月峯さま、隼夫に敬称《さま》付けはおかしいですよ」

「いいえ、いいえ」

月峯は金の袋を抱きしめた首を振った。

「そう呼ばせてください。せめて……」

月峯は涙に濡れた目でじっと怜景を見上げる。やはり彼女はもう自分の正体を知っているのだ、と怜景は思った。長い間話をして顔を合わせていれば七歳の頃の面影を見つけてしまうのかもしれない。

「……っ」

ぐっと肩が重くなった。悪霊たちがのしかかり、月峯を攻撃しようとしているのだろう。

(やめろ)

怜景は胸のうちで呟いた。

(ここではだめだ、待ってろ!)

「怜景さま?」

月峯が顔色の変わった怜景を見上げて首をかしげる。怜景は無理矢理笑みを浮かべた。

「ちょっと疲れたので休みます。早く田恭のところへ」

「は、はい」

月峯は頭をさげると楼を飛び出していった。怜景は石を乗せたように重い背をひきずりながら階段をあがった。

「怜景」

あとからついてきた蒼薇が寝台に寝転がった怜景を見下ろす。

「おぬしはいつまでそいつらを背負っている気だ」

「……」

「本当に月峯どのを殺す気か」

怜景は答えず寝返りを打って背を向けた。

「――月峯どのは……たぶん、」

殺されてもいいと思っている。

蒼薇が口にしなかった言葉が怜景の脳裏に響く。自分が二〇年前に炎の中に沈んだ皇子だと気づいたときから、月峯の覚悟は決まっていたのかもしれない。


学び舎の建設が始まった。木匠《だいく》の集団が指揮をとり、それに従っているのは黒丸の俠極たちだった。怜景が返金と一緒に頼んだ、いや命じたのがこのことだった。

怜景たちが見舞いに訪れると、田恭は寝ていた寝台から転げ落ちるようにして、床に頭をつけて感謝の意を表した。

「死ななくてよかった……！」

田恭はそう言ってまた泣いた。

「私の弱さのせいでみなさんにご迷惑をおかけしました。このうえは粉骨砕身、この身が滅びようと学び舎のために……！」

「一方向からしか物事を見ないのがあんたの悪いところだ」

怜景はそう言って田恭の体を起こした。

「騙されたのも、騙されたとわかってすぐに死を選んでしまうのも、そのせいだ。今も学び舎のために自分の身を犠牲にしようとする。そんなに根を詰めた生き方じゃ、なんだってうまくいかない。少し息を抜いて、周りの人たちを頼ってみなよ」

その言葉に田恭は初めて目を覚ました子供のような顔になった。

「そう……、そうですね。私は一度死んだと思って今後はもう少しゆっくりと生きてみます。どのみち体もうまく動かないようですし……」

田恭は右腕と右脚にマヒが残った。蒼薇が気の流れを調整しても間に合わなかった場所だったらしい。しかし、そんな体でも田恭は毎日学び舎の工事現場に顔を出した。もちろん怜景に言われたように、不自由な体で無理をすることはなかった。

女たちも木匠たちに食事を振る舞ったり、汚れた衣服を洗濯したりした。その中には黒丸の侠極たちも交じっていたが、彼女たちは差別せず、同じように接した。

桜の季節が過ぎ、藤の花が散り、紫陽花《あじさい》が川辺に咲くようになった頃、学び舎ができあがった。そのときには木匠たちと侠極たちはともに肩を組んで喜ぶくらい親しくなっていた。

いよいよ明日から子供たちが学び舎に通うという夜、紫燕楼に月峯がやってきた。今日はきちんと政務官夫人の拵《こしら》えで来ている。

髪は頭頂にまとめて金冠を乗せ、銀の簪《かんざし》で留めていた。細かな襞《ひだ》のある袍を金糸の帯で締め、その上に床まで届く薄い長物を羽織るといういで立ち。

「怜景さまにお話があります」

静かに緊張したまなざしで、月峯はそう告げた。怜景は彼女を自室へ招いた。それには蒼薇もついてきた。月峯は部屋に一緒に入ってきた蒼薇を見てもなにも言わなかった。

「怜景さま。あなたは帛国の皇子、怜明さまですね」

寝台に腰を下ろした月峯はそう切り出した。

「そうだ。やはり知っていたんだな、月峯《ゲッポウ》」

怜景は彼女を帛国の呼び名で呼んだ。

「最初は気づきませんでした。でもあの歌を蒼薇さまが胡琴で弾かれていて思い出したのです」

月峯は小さく唇を噛んだ。

「あの歌は、わたくしが皇子さまがたにお教えしたものですから」

そうだったのか、と腑に落ちた。いつ、誰に教えてもらったのか覚えていなかった。いや、覚えていたけれどもあの日の記憶を消したかったから、思い出さないようにしていただけかもしれない。

「皇子さまがたには歌やお話をたくさんお教えしました。帛国の神話や民話、雪の皇子の話や水の巫女《みこ》、桃の兄妹のお話……」

自分が伽藍街の子供たちに聞かせていた話はすべて月峯から聞いたものだったのかもしれない。

「あの日、御殿は焼け落ちて、たくさんの人が死にました。わたくしどもはきっと皇子さまがたも亡くなったと思っておりました」

「それがおぬしの見る悪夢だったのだな」

蒼薇が言った。最初に月峯が来たときに語った悪夢。炎の中で誰かが助けを求めているという景色。

月峯は蒼薇にうなずいた。

「蒼薇さまから怜景さまを紹介され、最初はただ不安から逃れるためだけに通っていました。怜景さまとお話ししていると、不思議に心が落ち着きました。怜景さまを懐かしいとも感じておりました」

じょじょに月峯の言葉がうわずってくる。思いに声が追い付かないようだった。

「怜景さまが怜明さまではないかと思い出してからは別な不安にさいなまれました。田恭さまのお手伝いに打ち込んだのも、その不安を消すためだったのです。わたくしは——わたくしは結局自分のために……」

月峯は両手で顔を覆ってすすり泣いた。しばらくの間、怜景はそのまま黙っていた。やがて月峯はなんとか涙を収めた。

「怜明さま……香晶さまは……今は……」

月峯はおずおずと聞いた。怜景は表情も変えずに「嫁に行った」と告げる。それを聞いて月峯はほお――っと長いため息をついた。まるで体中の空気が抜けたような息だった。

「よかった……お元気だったのですね」

「俺たちは師匠だった藍《ラン》の故郷で育てられた。香晶はもう自分が姫だったことは覚えていない。農夫の娘だと思っている」

「そうでしたか……」

「だが俺は――」

怜景はぐっと自分の両腕を押さえた。月峯の話が始まったときから、背中に乗る悪霊たちが重みを増していた。どんどん霊たちは膨れ上がり、両足で立っているのもつらい。

「俺はおまえを――範《ハン》を殺して仇を討つことだけを願ってこの華京府へ……伽蘭街へ……っ」

月峯が立ち上がり、怜景の押さえている腕に触れる。

「もういいのです、怜明さま。どうかその願いを叶えてください」

「月峯……」

「わたくしはこの数ヶ月、田恭さまとともに学び舎に関わって、人生で一番幸せでした。その幸せの最後に死ねるのならこの命惜しくはございません」

「……」

月峯の瞳はまっすぐに怜景を見つめている。その中には静かな覚悟があった。恐怖も悲しみもなく、ただ目的を遂げようという意志だけがある。

「――ひとつだけ聞きたい、月峯」

「はい、皇子」

「あのとき……俺と香晶を父母のもとへ行かせたとき、おまえは俺たちが殺されることを知っていたのか」

はっと月峯は息を呑んだ。あの歩廊で別れた日。広間に行けば反逆者たちが武器を持って待っている、あの日。

「――は、い」

月峯は小さく、しかしはっきりと言った。

「知って、おりました」

その言葉を聞き、怜景は懐から小刀を取り出した。鞘《さや》を払えば氷の輝きがランタンの明かりを弾く。

「俺たちが死ぬとわかっていて、送り出したのだな!?　俺だけでなく小さな香晶も死ぬと知ってて」

「はい——はい……」

月峯の目から新しい涙がこぼれ落ちた。

「ならば許すことはできない。お前は裏切り者だ、父を母を殺し、俺と妹を死なせかけた。帛一族の仇だ——!」

月峯は床に膝をつき、細い首を差し出した。怜景は小刀を握って振り上げて——。

「ちょっと待った」

静かな声が割って入った。振り向くと蒼薇が腕を組んで首をかしげている。

「蒼薇……」

「月峯どのは本当に知っていたのか?」

蒼薇は近づいてきて言った。

「なにを言ってるんだ、蒼薇。お前だって俺の悪夢を見ただろう。月峯は俺と香晶を広間に送り出したんだぞ」

「ああ、見た。見たからこそ言っている」

蒼薇は月峯のそばに立ち、腰を屈《かが》めた。

「夢というのは記憶がつくるものだ。人は意識しなくても見たものは頭が覚えている。曖昧なのは目を覚ましたとき忘れるからだ。だけど吾はその夢をすべて詳細に覚えているぞ」

「蒼薇さま……？」

蒼薇がなにを言っているのかわからず、月峯は混乱した目で彼を見上げる。

「あのとき、月峯どのは確かに怜景と香晶を広間に送り出した。しかしそのとき、月峯どのの唇が動いていた。怜景《おぬし》はそれを見ている。見ているが読み取れなかった」

蒼薇は床に膝をついた月峯の唇に人差し指で触れた。

「あのときこの唇はこう言っていた。だいじょうぶ、きっとだいじょうぶよ、と」

「あ……っ」

月峯は口を押さえた。そのまま背後に倒れそうになるのを蒼薇が支える。

「月峯どの、本当のことを言え。そなたは罪の意識が大きすぎて、今ここで怜景に罰せられることを望んでいる。けれど、吾は怜景に間違いをさせたくない」

「ああ……」

月峯は蒼薇の胸にすがった。蒼薇は彼女の震える肩を抱き、幼子にするように髪を撫でた。

「真実を。月峯どの」

「わ、わたくしは――」

月峯は蒼薇の胸に顔を埋めたまま呟いた。

「わたくしは夫に願いました。子供たちはまだ幼い。決して殺してくれるなと。夫はわかったと言いました。子供たちだけは殺さない、約束すると」

怜景は愕然と目を見開いた。それでは月峯は――。

「わたくしは皇子と姫は殺されないと信じておりました。だから御殿に火がかけられたときは胸が潰れるかと思いました。あの炎ではお二人は助からない――」

月峯は涙に濡れた顔をあげ、怜景を見つめた。

「でもそんなことでわたくしを許してはなりません。わたくしはあなたのお父さまとお母さまが亡くなることを知っていたのです。知っていて黙っておりました。裏切り者であることは確かなのです」

オウオウと怜景の背後で霊たちが荒れ狂う。殺された父が母が、腕を伸ばして月峯に摑みかかろうとする。

（恨ミヲ……！）

（殺セ　殺セ　殺セ――）

（我ラガ死ンデナゼオ前ガ生キテイル――）

（仇ヲ討テ　恨ミヲ晴ラセ　憎シミヲ燃ヤセ――）

「うるさい!」

怜景は叫んだ。その叫びは部屋を震わせるほどの大声で、黒い霊たちが一瞬はじけ飛ぶ。

「……怜景」

しん、と静まりかえった部屋の中、立ち尽くす怜景に蒼薇が名を呼ぶ。

「……月峯の腕に火傷《やけど》の痕があるのを知っている」

怜景が囁いた。

「古い痕だ。それはあの日についたものではないのか」

月峯が右手で左腕を押さえた。

「俺たちを——捜しに来たんじゃないのか」

「……怜明さま……」

怜景の手から小刀が落ちる。そのまま膝をついて怜景は月峯を抱きしめた。

「俺は——俺たちをほったらかしにしている母よりも、月峯、お前の方が好きだった。俺も香晶も……お前に甘えてお前に抱かれて……お前の愛を信じていたんだ」

「怜明、さま……っ」

怜景は月峯を抱きしめた。子供の頃、あんなに大きく包んでくれた体はいまはもう薄く小さい。自分の腕の中にすっぽりはいるくらいに。

「月峯……会いたかった」

「怜明さま！」

怜景の目から涙がこぼれ落ち、月峯の頬に落ちる。その雫は月峯のものと混じって流れる。二〇年ぶりの温かさを、怜景はじっと噛みしめていた。

終

学び舎が開園したとき、田恭は月峯に舎長についてほしいと告げた。政務官夫人が舎長というのは箔《はく》もつく。しかし月峯は思いがけないことを告白した。

「実はわたくし離縁されておりますの。とっくに範ではなくなりましたの。ですから政務官夫人という肩書きもございません」

それには怜景も驚いた。

「い、いったいいつ？」

「もう一月くらいになりますわね。わたくしが伽蘭街で勝手をするのが夫には気に入らなかったようです。若い愛人を家に入れる理由にもなりますし」

月峯はにこやかに言う。

「じゃあ今はどうしているんですか？」

「わたくしの持ち物は全部持ってきておりますので、それを売って宿に泊まっております。でもいつまでもそんな生活が続くわけではありませんし、なにかお仕事を見つけないと」

そこで田恭は自分の代わりに月峯に教師をやってほしいと改めて頼んだ。もちろん給金は出る。肩書きがなくても体が不自由になった自分の代わりに舎長もやってほしいと頼み込み、月峯は舎長兼教師となった。

「わたくし、今一番自由に息ができておりますわ」

学び舎に集う子供たちを見て月峯が微笑む。晴れ晴れとした美しい笑みだった。時を重ねたその肌はいきいきと紅潮し、瞳が輝いている。

「怜景」

「ああ？」

「いい景色だな」

蒼薇と怜景も学び舎に来ていた。今まで怜景に文字を教えてもらっていた子供たちが、こんどは月峯に教わっている。自分が子供の頃と同じように。

「そうだな……」

「月峯のことはもういいのだな？」

「ああ。俺の後ろのやつらは不満そうだが、死人にはなにも言わせない。大体一番の仇は範本人だ」

「そこは諦めていないのか」

「まあ、そうだな」

二人は学び舎をあとにした。昼間の伽藍街は閑散として夜の賑やかさが幻のようだ。

「もうしばらく、俺は背中のやつらを背負って生きる。仇討ちが本当に正しいのか、見極めるために」

「では吾ももうしばらくこの街にいよう。怜景の生き様を楽しむために」

その言葉に怜景は苦い顔をした。

「俺はおまえを楽しませるために生きてるわけじゃないぞ」

「そう言うな。おぬしはそのままで面白い」

怜景は蒼薇の肩を押しやった。

「おまえはさっさと古い友人の子孫を探しに行けよ」

「ま、ま、もうちょっとつきあってくれ」

「ごめんだ！」

怒鳴る怜景に蒼薇はちょっと考えるように黙り、やがて得意げに言った。

「饅頭おごる！」

「それでつられるのはおまえだけだ！」

「ええ――……」

午後の日差しが石畳の上に二人の影を長く伸ばす。影は交わり、重なって、ひとつになって進んでいった。

―――――本書のプロフィール―――――

本書は書き下ろしです。

小学館文庫

妓楼《ぎろう》の龍《りゅう》は客《きゃく》をとらない
華国花街鬼譚《かこくはなまちきたん》

著者　霜月《しもつき》りつ

二〇二三年十二月十一日　初版第一刷発行

発行人　庄野　樹
発行所　株式会社 小学館
〒一〇一-八〇〇一
東京都千代田区一ツ橋二-三-一
電話　編集〇三-三二三〇-五六一六
販売〇三-五二八一-三五五五
印刷所　―――中央精版印刷株式会社

この文庫の詳しい内容はインターネットで24時間ご覧になれます。
小学館公式ホームページ　https://www.shogakukan.co.jp

ISBN978-4-09-407314-0